AF196178

✳ Reclam 100 Seiten ✳

DIETMAR DATH, geb. 1970, ist Journalist (im Feuilleton der *FAZ*, besonders als Filmkritiker), Autor von Romanen, Erzählungen, Theaterstücken und Sachbüchern (und einer Graphic Novel), ein »Gedanken- und Textgenerator«, für den Genregrenzen nicht gelten.

Dietmar Dath

Superhelden. 100 Seiten

RECLAM

»Eternally my story never goes as planned.
And it's bigger than the man.«
Anthrax: Superhero

Für Polly Urethan

2016 Philipp Reclam jun. GmbH,
Siemensstraße 32, 71254 Ditzingen
Umschlaggestaltung: Philipp Reclam jun. Verlag GmbH
nach einem Konzept von zero-media.net
Umschlagabbildung: FinePic®, München
Infografiken (S. 5, 18, 63): Golden Section Graphics GmbH, Berlin
Bildnachweis: S. 6 © Wikimedia Commons / Alex Lozupone (Tduk);
S. 13 © Wikimedia Commons / Matt Biddulph; S. 50 © Picture-
Alliance / AP-Images; S. 92 © Imago / UPI Photo; S. 100 © Sebastian
Burkard
Umschlagmaterial: Creative Print, Schabert
Druck und Bindung: Esser printSolutions GmbH,
Untere Sonnenstraße 5, 84030 Ergolding
Printed in Germany 2024
RECLAM ist eine eingetragene Marke
der Philipp Reclam jun. GmbH & Co. KG, Stuttgart
ISBN 978-3-15-020420-7

Auch als E-Book erhältlich

www.reclam.de

Für mehr Informationen zur 100-Seiten-Reihe:
www.reclam.de/100Seiten

Inhalt

Vorab: Schule der Übermenschen

Wenn Erwachsene sich lange nach dem mehr oder weniger erfolgreichen Abschluss der Pubertät wieder (oder immer noch) mit den erfundenen Gestalten beschäftigen, die ihre Fantasiewelten bevölkerten, als diese Erwachsenen Kinder und Jugendliche waren, dann behauptet das küchenpsychologische Klischee gern, der Reiz dieser Beschäftigung läge darin, dass jene Gestalten nicht altern. Sie bleiben sich treu, auf dem Papier oder in anderen Medien. Sie bewahren unsere kindliche Energie, Begeisterungsfähigkeit und Naivität als externe Festplattenspeicher des Herzens. Sie heben das Staunen für uns auf, den Ehrgeiz der frühesten Welterschließung als Weltverwandlung, die vielgestaltigen Hoffnungen.

Das Klischee klingt triftig.

Bei mir stimmt es aber nicht.

Meine Kinderidole sind nicht jung geblieben. Die Lebenserfahrung hat sie nicht geschont: Batman war inzwischen mehrfach in Rente, außerdem unter anderem tot und querschnittsgelähmt. Superman hat geheiratet, Spider-Man auch. Die X-Men sind nicht wiederzuerkennen, Green Lantern hat im Zustand geistig-moralischer Verwirrtheit schwere Verbrechen begangen, die Avengers hatten mehr Vorsitzende als die

KPdSU (die es im Gegensatz zu den Avengers nicht mehr gibt).

Das alles ist dokumentiert, in Comics, Büchern, Filmen, durch mehrere Datenträgerwechsel hindurch – auch die Medien nämlich, die das alles festhalten sollten, sind nicht dieselben geblieben.

Superheldinnen und Superhelden haben also seit den 1970er Jahren ärgere Wandlungen und schlimmere Niederlagen erlebt als der Erwachsene, der ich geworden bin. Als Kind brauchte ich diese Figuren, als Jugendlicher mochte ich sie, dann habe ich sie eine Weile vergessen. Will ich sie heute wiedertreffen, kann ich mir aussuchen, in welchem ihrer Lebensabschnitte das geschehen soll: Meine Comic-Bibliothek hat Türen zu ihren schlechtesten und ihren besten Zeiten. Und wenn das nicht reicht, kann ich ins Kino gehen, den Fernseher einschalten, im Netz kramen oder einen Datenträger in irgendeinen Player legen. Die Lebensläufe dieser Leute, die es nie gegeben hat, sind Menüs für mich geworden: Ich kenne sie als übermütige Kinder, launische Jugendliche, widersprüchliche Erwachsene oder tapfere Greisinnen und Greise.

Selbst einer, von dem der Comic-Kanon sagt, dass er sehr viel langsamer altert als die meisten Lebewesen, der Mutant Wolverine, der sich bereits im Zweiten Weltkrieg bewähren konnte, noch in ferner Zukunft seine grässlichen Zigarren schmauchen wird und im Kino das Gesicht von Hugh Jackman hat, ist mir im Seniorenstand begegnet; sogar in mehreren Varianten, von Chris Claremonts *Days of Future Past* (*Zukunft ist Vergangenheit*, 1981) bis zu Mark Millars *Old Man Logan* (2008).

Ich habe trotzdem nicht vergessen, wie das alles am Anfang war. Auf dem Spielplatz hielten wir die Superheldinnen und

Superhelden wirklich für unveränderlich, unsterblich, unverwüstlich – und uns selbst gleich mit, denn die angemessene Form der ersten Liebe zu solchen Gestalten ist die der Identifikation. Wir kannten sie besser als einander, das heißt: Wir teilten sogar Geheimnisse mit ihnen, zum Beispiel die berühmten »Secret Identities«, die Wahrheit über das Doppelleben, das viele dieser Figuren führten – der gehbehinderte Arzt Donald Blake ist »in Wirklichkeit« der nordische Donnergott Thor, der verklemmte Zeitungsjournalist Clark Kent ist der unzerstörbare Superman. Weil wir Kinder waren, die von sich wussten, dass man ihnen äußerlich nicht ansehen konnte, was alles in ihnen steckte, leuchtete uns unmittelbar ein, dass die farbenprächtige und mächtige Seite dieser Leute, das, was man nicht übersehen konnte, wenn es sich enthüllte, ihr Eigentliches war, nicht die schäbige Hülle des Allzumenschlichen, in der sie doch vermutlich mehr Zeit verbrachten, ja, Tag für Tag fristen mussten, wie man eine Gefängnisstrafe absitzt. Was Kindern eine Wahrheit der Hoffnung darauf bedeutet, wer sie einmal werden können, ist für erwachsene Leserinnen und Leser solcher Comics aber zugleich ein großes Gleichnis auf das Subjekt-Selbstempfinden moderner Menschen allgemein: Weil ihr öffentliches Wesen rechtlich und politisch allen anderen gleichgestellt ist, also »nichts Besonderes« mehr, nicht von Geburt an wichtig wie bei den Adligen der vormodernen Zeit (deren Wappen in den Insignien der Superhelden, dem großen »S« oder der Fledermaus-Ikone weiterleben), müssen sie umso mehr Wert auf ihr reiches Innenleben legen. In diesem Sinn war Petrarca im 14. Jahrhundert der erste Superheld, denn der Verfasser von »Secretum Meum« entwickelte in diesem Werk die Anschauung, der nichtssagende Alltagsmensch könnte Hülle für etwas Ungeheuerliches sein (für einen Superdichter und Superphilosophen etwa), so wirkungsvoll, dass noch heute die über unsere modernen und nachmodernen Tiefenpsychologien vermittelten Reste davon den Menschen, nicht nur den Kindern, ein bisschen narzisstische Spannung zurückgeben für die Strapazen der formellen Gleichheit in modernen Gemeinwesen.

An irgendetwas ablesen können, so schlau waren wir Kinder allerdings schon, sollte man aber eben doch, wer wir eigentlich waren, in unseren Menschenmasken. Man steckte sich also das Taschenmesser, ein Pelikan-Tramp-Minibuch für eine Mark, die Lupe und zwei Kugelschreiber in den Hosenbund, weil Batman einen Multifunktionsgürtel hat, in dem er Sprengstoff, Fingerabdruckpulver und einen zusammengefalteten Hubschrauber aufbewahrt. Sollte ein anderes Kind behaupten, Thor sei stärker als der Hulk, wurde gestritten, erbitterter als später jemals über Politik.

Wollten die Erwachsenen wissen, warum man sich nicht für Fußballsammelbildchen begeisterte, sondern das Taschengeld lieber zuerst für Superman und Batman ausgab, wenig später dann für alles, was Marvel hieß, musste man ihnen beibringen, wie man Comics überhaupt richtig liest: Hier, mit diesem Hochformat links oben musst du anfangen, dann geht's da diagonal südöstlich weiter, nein, nicht einfach nach rechts, und diese gegenüberliegende Seite musst du sogar kippen, die ist nämlich quer gemeint.

Vor allem der Zeichner Neal Adams hat es Laien vor lauter Layout-Experimentier-Furor damals manchmal wirklich schwer gemacht. Noch heute gehört, weil ich als Kind der 1970er bei Adams in die Sehschule gegangen bin, mein größter Respekt Künstlerinnen und Künstlern, die sich selbst bei den wildesten Bildmontagen auf souveräne Blicklenkung verstehen (bei Dave

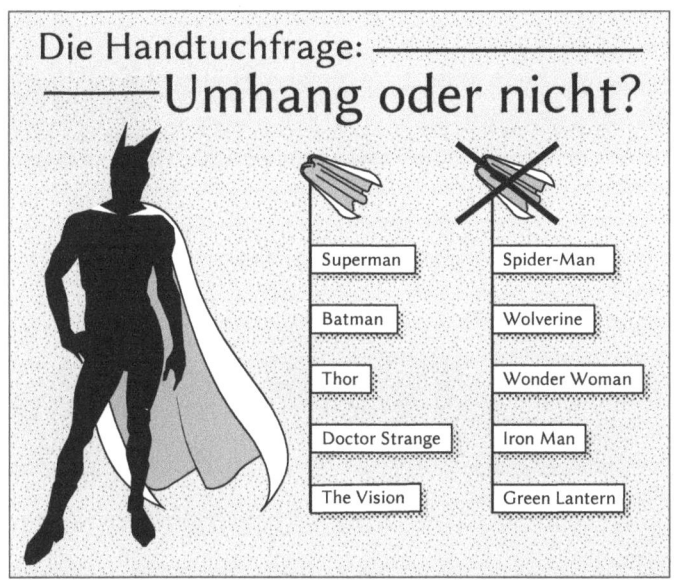

Die Handtuchfrage: — Umhang oder nicht?

Superman	Spider-Man
Batman	Wolverine
Thor	Wonder Woman
Doctor Strange	Iron Man
The Vision	Green Lantern

Sim zum Beispiel, einem engagierten Adams-Schüler, weiß man jederzeit, wo man sich gerade befindet und wo es weitergeht, selbst wenn das, was da jeweils erzählt werden soll, vom Wahnsinn mehr als nur gestreift ist).

Im Sommer 1982 besuchte ich zum ersten Mal die Vereinigten Staaten. Mein Anfängerenglisch und ich hatten mehr Glück als Verstand, wir waren nämlich zur rechten Zeit am rechten Ort: Chris Claremont, damals leitender Autor der Marvel-Heftserie *Uncanny X-Men*, befand sich auf dem Höhepunkt einer Kampagne zur Umwertung aller Werte im Kosmos jener Gruppe von Mutanten, die eine Welt beschützt, von der sie gehasst und gefürchtet wird.

Im vorangegangenen Jahr erst hatte er die Fans mit der Ent-

Mr. X-Men Chris Claremont (* 1950), hier an der Columbia University 2014.

hüllung schockiert, einer der gefährlichsten Gegner der Gefolgschaft des edlen Professors Charles Xavier, der radikale Menschenfeind und »Master of Magnetism« Magneto, habe sich keineswegs aus Lust und Laune zu seinem Partisanenkrieg gegen die Menschheit entschlossen. Denn wir, die Angehörigen der Gattung Homo sapiens, diskriminieren und verfolgen bei Claremont die Mutanten, und Magneto ist nur deshalb Terrorist geworden, weil er schon einmal hat erleben müssen, wie eine Gemeinschaft, zu der er gehört, ausgegrenzt, unterdrückt und schließlich mit Ausrottung bedroht worden war. Magneto, Erik Magnus Lensherr, ist bei Claremont nämlich ein Überlebender der Vernichtungsmaschinerie der Nationalsozialisten.

Diese Enthüllung war ein Tiefschlag gegen die moralische Sandkastengewissheit, in der die Bösen von Anfang an und von Grund auf böse waren und die Guten unbedingt gut. Es sollte nicht der letzte derartige Schlag bleiben – bald würde man heranwachsenden Comicfans erzählen, dass symmetrisch zum Leiden des Bösen am Unrecht, das ihm geschehen ist, auch ein Held imstande ist, die eigene Rechtschaffenheit zu verletzen. Ausgerechnet der standhafte Verbrecherjäger Batman entpuppte sich ab Februar 1986 in Frank Millers *The Dark Knight Returns* (*Die Rückkehr des Dunklen Ritters*) als autoritärer Psychopath, und Superman verabschiedete sich im September desselben Jahres in Alan Moores *Whatever happened to the Man of Tomorrow* (*Was wurde aus dem Mann von Morgen*) von seiner langen Laufbahn als tadelloser Verteidiger von »truth, justice and the American Way« mit dem Bruch des Tötungsverbots, das er sich als Hauptgrundsatz des eigenen Ehrverständnisses Jahrzehnte früher auferlegt hatte.

Jagdstreckenvergleich

Anzahl der Personen, die der Marvel-Gangsterjäger The Punisher seit seinem ersten Auftritt 1974 in Comics und Filmen absichtlich umgebracht hat:
Etwa 49 000
Anzahl der Personen, die Superman bis zur »letzten Superman-Geschichte«, die Alan Moore als Zukunftsszenario 1986 unter dem Titel *Whatever happened to the man of tomorrow* (*Was wurde aus dem Mann von Morgen*) veröffentlichte, absichtlich umgebracht hat:
1

An Claremonts X-Men freilich faszinierte weit mehr als nur der Dammbruch im sittlichen Erzählgefüge. Nicht nur das, was dieser Autor inhaltlich vorbrachte, sondern auch die Art, wie er seine Figuren inszenierte, stieß Gewohntes um. Es gab bei ihm mehr Dialoge als anderswo, und in manchen Monaten standen nicht mehr die Kämpfe der Guten wider die Bösen im Heftmittelpunkt, sondern deren private Beziehungen und Sorgen, Freundschaften und Liebesnöte.

Beim Lesen fiel mir in Miami auf, dass diese Geschichten mehr mit meinem deutschen Schüleralltag zu tun hatten, als ich aus Comics bis dahin gewohnt war: Die Eifersüchteleien, einander abwechselnde Phasen von Hochstimmung und Niedergeschlagenheit, die Cliquen, zusammengewürfelt aus grundverschiedenen Individuen, das Gefühl, man werde von den Erwachsenen nicht verstanden (»fighting for a world that fears and hates them«), die Auflehnung gegen deren Ordnung ... Die X-Men, das waren wir.

Natürlich entgingen mir die Unterschiede nicht: Niemand von uns konnte fliegen, durch Wände gehen, Gedanken lesen, Dinge willkürlich in Brand stecken oder gefrieren lassen. Aber die Parallelen zwischen Claremonts Kitty Pryde und der wirklichen Stefanie, zwischen Claremonts Ororo Munroe und der wirklichen Claudia, zwischen Claremonts Rogue und der wirklichen Cathrin waren eben auch nicht zu übersehen – sicher, Kurzschlüsse, aber eben: zündende.

Ich habe also bei Claremont gelernt, wie man menschliche Kleinigkeiten im Vergrößerungsglas von Heldengeschichten studiert, und konnte bei meinen ersten eigenen Erzähltextversuchen die Leute, die ich in meiner Umgebung fand, daher nicht nur in allerlei Abenteuer werfen, die sie von ihren besten und schlimmsten Seiten zeigten, sondern wusste auch, was das überhaupt ist: Figuren, Charaktere.

Von Menschen zu erzählen, verlangt Aufmerksamkeit für leicht fassliche, einprägsame Typenzüge einerseits, für etwas unverletzlich Eigenes, Besonderes andererseits. Wer jemand wirklich ist, zeigt sich am deutlichsten unter Beschuss, im Feuer, in Not. Die zweite Lektion, die ich Chris Claremont verdanke, ist die Einsicht, dass Übertreibung nicht notwendig im Gegensatz zur Auseinandersetzung mit der (vor allem sozialen und psychologischen, also menschlichen) Wirklichkeit steht, sondern sie gegenüber der planen Abschrift des Vorhandenen entscheidend verbessern kann.

Will man nämlich eine soziale und psychologische, also von Menschen gemachte, nicht einfach nur natürliche Wirklichkeit schildern, dann spielt nicht nur das eine Rolle, was diese Menschen sind und tun, sondern auch das, was sie sich dabei vorstellen: Manchmal fühlt man sich eben, als könnte man fliegen oder die Gedanken der anderen lesen (gerade dann, wenn man das gar nicht will). Manchmal fühlt man sich, als wäre man vereist oder stünde in Flammen, als wäre man unsichtbar oder tonnenschwer.

Die Vergrößerungsgläser der populären Kunst übersteigern und verzerren Affekte, Emotionen, Fantasien, bis sie aussehen, als wären sie Tatsachen, aber der Witz daran ist: Es sind ja wirklich Tatsachen, nur eben solche, die im Kopf passieren und sich von außen nicht ohne Weiteres messen lassen.

Das bedeutet keineswegs, dass sie der Wertung oder dem Urteil entzogen sind. Ich erinnere mich zum Beispiel deutlich, wie ich Anfang der 1990er mit einem Freund auf einer Bank vor einem alten Bauernhaus im Umland von Freiburg saß und wir uns eine ganze Nacht lang darüber unterhielten, welche klassische X-Men-Story aus der Claremont-Ära wohl die beste sei, und aus welchen Gründen: Die *Dark Phoenix Saga*, weil sie so traurig endet? *Asgardian Wars*, der gigantischen Kulissen wegen? *Days of Future Past* (*Zukunft ist Vergangenheit*), weil der Meister hier lupenreine Science-Fiction geschaffen hat? Oder doch *The Trial of Magneto*, wegen der scheinbar anstrengungslos in einer Actionerzählung integrierten Auseinandersetzung mit politischen Zeitfragen?

Spätestens gegen drei Uhr morgens entglitt den beiden, die da diskutierten, jeder Vorwand der objektiven Debatte über technische, also schriftstellerische und visuelle Vorzüge des in Rede stehenden Materials, und wir redeten einfach wie Fans: Wir waren, stellte sich heraus, zehn Jahre früher unabhängig voneinander eine Weile in Kitty Pryde verknallt gewesen, und fragten uns, wie das möglich war – der Freund wunderte sich schließlich: »Wenn es wenigstens ein Film wäre, das könnte man ja noch nachvollziehen, da liegt es dann halt an der Schauspielerin. Aber Kitty Pryde als Comicfigur, die sieht ja nicht mal immer gleich aus, je nachdem, wer sie zeichnet. Wie kann man sich in so jemanden verlieben?«

Weitere 20 Jahre nach dieser Unterhaltung saß ich 2014 in einer Frankfurter Pressevorführung von Bryan Singers *X-Men: Days of Future Past* (*X-Men: Zukunft ist Vergangenheit*) und sah Kitty Pryde, das heißt: Ellen Page als Kitty Pryde, auf der Kino-Riesenleinwand, und dachte: Ja, das ist sie.

Es war, als träfe man einen Menschen wieder, den man einmal gut gekannt hat – die eigentümliche Mischung aus Rührung, Irritation und Befremden zu beschreiben, ist fast unmöglich; es müsste ein Aufsatz dabei herauskommen, der sich mit Sigmund Freuds *Eine Erinnerungsstörung auf der Akropolis* von 1936 messen könnte.

Ich schreibe ihn nicht. Das vorliegende Bändchen versucht stattdessen, zumindest den Umriss einer Antwort auf eine dem geschilderten Problem eng verwandte Frage zu skizzieren: Warum bedeutet dieses Zeug manchen Menschen so viel?

Um ihr näherzukommen, muss natürlich zuerst eine andere beantwortet werden: Was ist dieses Zeug überhaupt für Zeug?

Wer es wirklich wissen und selbst verstehen will, wird nicht umhinkommen, die Comics zu lesen, von denen die Rede ist. Wer das schon getan hat, wird jedoch hoffentlich auch das eine oder andere bislang Unbekannte oder noch nicht Bedachte aus dem Büchlein erfahren.

Wie sagt doch Superman immer, bevor er seinen Röntgenblick auf eine verschlossene Panzertür richtet? »Let's see.«

Erster Teil: Wie sie wurden, was sie sind

Superheldenliebe

In der Nummer 53 der amerikanischen Comic-Serie *Saga of the Swamp Thing*, erschienen im Oktober 1986, schildert der britische Autor Alan Moore eine politische Diskussion über die Anwendbarkeit des für sein aufgeklärtes europäisches Empfinden ebenso strengen wie verwirrenden nordamerikanischen Sexualstrafrechts auf Übermenschen. Was man aus Liebe oder Leidenschaft tun darf und was nicht, ist in den Vereinigten Staaten bis heute sehr unübersichtlich geregelt: In einer Stadt, einem Einzelstaat ihres Hoheitsgebiets kann etwas untersagt sein, das in einer anderen Stadt, einem anderen Einzelstaat erlaubt ist. Viele der einschlägigen Gesetze sind mehr als 100 Jahre alt und werden selten angewandt, eignen sich aber immer wieder dazu, die massenmediale Aufmerksamkeit auf die juristische Kompliziertheit eines Systems zu lenken, in dem die Befugnisse einzelner Unterterritorien (»State's Rights«) und die Rechtsordnung des Bundesstaates, zu dem sie gehören (»Federal Law«), Spannungen und erbitterte Konflikte aushalten müssen. Die Unterschiede zwischen subjektivem Gerechtigkeitsempfinden, schriftlich fixiertem Gesetz und tatsächli-

Der Großmeister Alan Moore (* 1953) am Institute of Contemporary Arts im Juni 2009.

cher Praxis vor Gericht werden davon auf allen Ebenen erfasst. Wer Geschichten von Gut und Böse, Recht und Unrecht erzählen will, findet hier ein einladendes Spielfeld voller Fallen und Gefahren.

In Alan Moores *Swamp Thing* wird also darüber diskutiert, wen man küssen und mit wem man schlafen darf. Die Gesprächsteilnehmer sind der »Dunkle Ritter« Batman und der Bürgermeister der Stadt Gotham, die Batman vor den dort besonders zahlreichen Schwerkriminellen und Verrückten beschützt, deren bekanntester sein Erzfeind ist, der Joker. In der Geschichte, um die es geht, will Batman einen anderen Feind weder besiegen noch aufhalten. Der Dunkle Ritter hält das, was jener will, sogar für berechtigt. Nur die Art und Weise, wie es durchgesetzt werden soll, lehnt der Mann im Fledermauscape ab. Als die Situation eskaliert und die Kommune mittels Terrorangriffen an den Rand der Anarchie getrieben wird, versucht Batman schließlich, zwischen dem Terroristen und der Stadtverwaltung zu vermitteln.

Der Feind ist das »Swamp Thing« des Serientitels, eine Art Elementargeist des Waldes, des Sumpfes und der Erde, zum Golem komponiert aus beweglichem Holz, Moos, Schlingpflanzen und Blättern. Dieses Wesen liebt bei Moore eine Menschenfrau, die schöne Abby Cable, und wird von ihr geliebt.

Da das Swamp Thing kein Mensch ist, steht die Verbindung der beiden in Louisiana, dem Heimatstaat der Figuren, unter Strafe. Ein Fotoreporter einer Boulevardzeitung hat sie beim Schmusen geknipst, und das veröffentlichte Bild hat die Staatsanwaltschaft bewogen, Abby wegen »Unzucht wider die Natur« anzuklagen. Abbys ungläubiges Lachen über diesen Justizirrtum – wie kann etwas wider die Natur sein, das einen

Menschen und eine Verkörperung der Naturseele zusammenbringt? – stellt sich als schlechter Schutz für sie heraus: Die Uneinsichtige wird ins Gefängnis geworfen, dann auf Kaution entlassen und flieht ins liberalere (und großstädtisch anonyme) Gotham.

Dort greift man sie beim Herumlungern auf, kerkert sie abermals ein und eröffnet ihr, sie werde aufgrund entsprechender Abkommen und Vorschriften demnächst in ihre scheußliche Provinz zurücküberführt, wo man sie erneut an den Pranger stellen und vermutlich scharf verurteilen wird. In diesem Moment kehrt das Swamp Thing von einer längeren Geschäftsreise zurück (es hat im Team mit John Constantine, einem Magier aus der britischen Arbeiterklasse, den größten aller Superschurken, Satan, daran gehindert, den Himmel zu zerstören).

Als der Erd- und Waldgeist erfährt, was man seiner Liebsten angetan hat, beginnt er mit einer eindrucksvollen Strafaktion gegen das Sündenbabel Gotham: Straßen, Plätze und Gebäude werden auf seinen Befehl von wilder Vegetation überwuchert, neu erblühende Pflanzen ziehen eine Insektenplage an, und als auch das die Stadtoberen nicht dazu bewegt, Abby freizulassen, droht das Swamp Thing damit, der winzigen Flora in den Innereien der Menschen, die ihm wie alles Pflanzliche Gehorsam schuldet, zu befehlen, sich gegen ihre Wirtsorganismen zu kehren und eine medizinisches Katastrophe auszulösen.

Batman, der Erpressungsversuchen sonst nicht nachgibt, erkennt widerstrebend, dass er der ökologischen Urgewalt dieses Gegners unterlegen bleiben muss – wenn nicht militärisch, so doch verantwortungsethisch: Nur der großflächige Einsatz von Gift, Feuer, unterschiedsloser Zerstörung und Verwüstung von Schädlichem wie Nützlichem könnte dem Swamp Thing in diesem Stadium der Auseinandersetzung etwas anhaben.

Batman, der kein vereidigter Befehlsempfänger bestehender politischer Gewalten ist, sondern sein eigener Herr, prüft daraufhin sein Herz und das Gesetz, dessen Geltung in der ganzen Episode auf dem Spiel steht. Er nimmt eine Rechtsgüterabwägung vor: Was wiegt schwerer, das Sexualstrafrecht von Louisiana oder der Gleichbehandlungsgrundsatz der Verfassung der Vereinigten Staaten von Amerika? Diese Verfassung ist im Superhelden-Universum des Verlages DC, in dem Batman lebt, so heilig und zugleich umstritten wie in der Wirklichkeit, aber Batman geht es gar nicht um Politisches, sondern um einen konkreten Notstand, wie er dem Bürgermeister von Gotham darlegt: »Entweder fällt uns ein, wie wir diese Frau Cable freilassen können, oder wir fangen sofort an, die Stadt zu evakuieren. Es gibt keine Alternativen. Dieses Ding da draußen ist fast ein Gott. Es kann uns zerquetschen.«

Der Bürokrat windet sich: »A-aber Sie verstehen nicht. Diese Frau hatte eine Beziehung mit etwas, das kein Mensch ist! Wir können doch keine Ausnahmen vom Gesetz zulassen …« Batman erwidert: »Keine Ausnahmen. Ich verstehe. In diesem Fall schlage ich vor, sie sammeln all die anderen nichtmenschlichen Wesen ein, die Beziehungen außerhalb ihrer jeweiligen Spezies pflegen.«

Der Bürgermeister stutzt: »Was? Was meinen Sie?« Batman erklärt: »Ich meine Folgendes – wenn Sie konsequent sein wollen, müssen Sie bedenken, dass das Nichtmenschliche nicht auf das Swamp Thing begrenzt ist. Mal sehen … also, wahrscheinlich müssen sie dann Hawkman und Metamorpho verhaften … und dann gibt's noch Starfire von den Teen Titans. Ihre Rasse hat sich aus Katzenartigen entwickelt, glaube ich ... außerdem natürlich den Martian Manhunter. Captain Atom ...«

Das Bild zu dieser Aufzählung zeigt, wie der Politiker bei Nennung der Namen von Figuren, die im DC-Kosmos die Menschheit mehrfach aus größten Schwierigkeiten gerettet haben, zusehends ins Schwitzen kommt.

Batmans gewichtigstes Argument wird nun wie nebenbei angeschlossen: »Und dann gibt es natürlich noch diesen Wie-heißt-er-gleich ... den, der in Metropolis wohnt.« Dem Bürgermeister fällt die Zigarette aus dem Mund.

Leserinnen und Leser, die das Heft in der Hand halten, wissen, wer hier gemeint ist: Die erste, wichtigste und berühmteste Gestalt des ganzen Genres von Comic-, Film-, Fernseh-, Videospiel- und Prosa-Geschichten, um das es hier geht. Sein von Batman hier verschwiegener Name fügt ein Adjektiv und ein Hauptwort zusammen: Superman.

Der Bürgermeister hat verstanden. Er ruft in Washington an und sorgt dafür, dass Abby Cable begnadigt wird. Die Probleme für das ungewöhnliche Liebespaar sind damit zwar noch längst nicht ausgestanden, aber Alan Moore hat mit diesem eleganten kleinen Dreh eine tiefe Wahrheit übers Genre ausgesprochen: Superheldinnen und Superhelden sind Nicht-menschen, die wir »wider die Natur«, gegen Vernunft und Lebenserfahrung lieben, und die diese Liebe so rückhaltlos erwidern, dass in ihrem Namen gewaltige Taten getan, ungeheuerliche Leiden erlitten und ganze Gesellschaften zur Überprüfung ihrer obersten sittlichen Grundsätze gezwungen werden.

Jedenfalls auf dem Papier, auf der Leinwand, Bildschirmen, Kleidungsstücken, Ansteckern, Schmuck, Tätowierungen – und in Millionen von Köpfen.

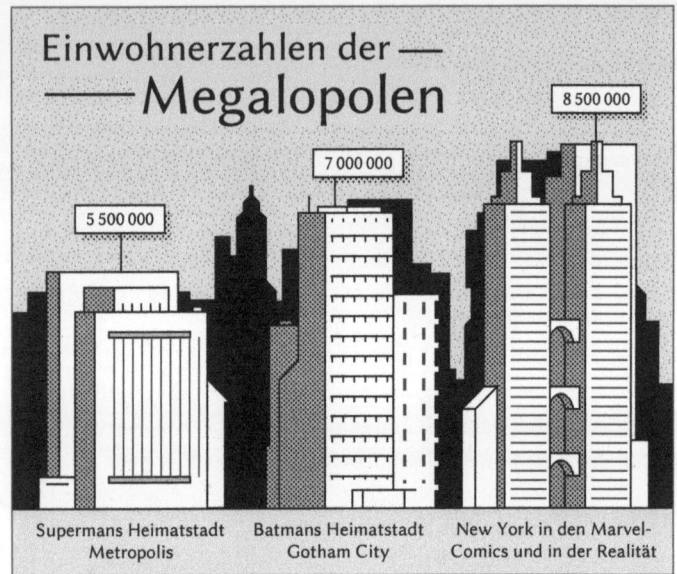

Einwohnerzahlen der —
——Megalopolen

5 500 000

7 000 000

8 500 000

Supermans Heimatstadt
Metropolis

Batmans Heimatstadt
Gotham City

New York in den Marvel-
Comics und in der Realität

Der Sumpf, aus dem sie stammen

Batman und Superman sind die beiden beliebtesten Protago-
nisten und kommerziellen Hauptsäulen des Verlags DC. Zusammen nennt das Haus sie gern die Besten der Welt, »World's
Finest«. Sie sind mehr als das, nämlich die beiden Extrema, die
zwei Enden des Superhelden-Spektrums überhaupt: Der eine,
Batman, ist als Mensch geboren. Er arbeitet sich dank Bega-
bung und mit an Besessenheit grenzendem Fleiß bis in übermenschliche Bereiche des Leistungsvermögens, der Ausdauer
und moralischen Statur empor.

Der andere, Superman, ist ein Außerirdischer, dem in unserer Menschenwelt die Eigenschaften eines Halbgotts unerbeten zufallen. Von dem Moment an, da er sie an sich entdeckt, stellen sie ihn vor die Wahl, ob er uns damit helfen oder schaden, ob er uns überhaupt beachten und wie er sich zu anderen Übermenschen verhalten soll, guten wie bösen.

Selbsterschaffen oder vom Himmel gefallen, erworben oder aufgezwungen: Dazwischen fallen alle Segnungen und Lasten, die Superheldinnen und Superhelden von der »Fabrikware der Natur« (Schopenhauer), dem Homo sapiens, den andere Tiere mit Recht fürchten, mehr oder weniger weitreichend unterscheiden.

Auch diejenigen Superheldinnen und Superhelden freilich, die das, was sie sind, auf dem Weg der Selbstermächtigung wurden, haben dabei nicht durchweg aus freien Stücken gehandelt. Batmans Eltern wurden von Kleinkriminellen ermordet, weswegen er später Riesenkriminelle jagt. Viele seiner Kolleginnen und Kollegen handeln im Zug ihrer Selbsterziehung zu überlebensgroßen Gestalten unter einem ähnlichen Zwang zur Rache oder verarbeiten dabei schlecht und recht irgendeine körperliche oder seelische Verletzung, die ihnen das Schicksal zugefügt hat, vom DC-Superbogenschützen Green Arrow (aus dem Fernsehen inzwischen als »Arrow« geläufig), der nach einem Schiffbruch zum Überleben auf einer menschenfeindlichen Insel genötigt war und dort über sich hinauswachsen musste, bis zum grimmigen Punisher der Marvel-Comics, einem ehemaligen Elitesoldaten, der Frau und Kinder bei einer Drogenbandenkriegsschießerei verlor und sein Leben fortan der Vergeltung weiht. Dabei wird er vom Gesetzlosen (bei seinem ersten Erscheinen in der Marvel-Welt als Gegner von Spider-Man) schließlich zu einer Art herrenlosem Samurai und Ein-Mann-Ausnahmezustand, dessen Methoden das normale Vorgehen

Die Adressen der Superhelden

BATMAN:
c/o Bruce Wayne
Wayne Manor
1007 Mountain Drive, Gotham

AVENGERS:
Avengers Mansion
980 Fifth Avenue, New York

SUPERMAN:
c/o Clark Kent
1938 Sullivan Place, Metropolis

FANTASTIC FOUR:
Baxter Building
42nd St and Madison Avenue, New York

der Sicherheitsbehörden ins Maßlose, mitunter Absurde überzeichnen – ganz so, wie die Anatomie der Superheldinnen und Superhelden, von der Muskulatur beider Geschlechter bis zu den Brüsten, Hintern und bestimmten Gesichtsmerkmalen der Frauen, systematisch nach den von Biologie vorgeprägten (und von Kunst wie Werbung ausgenutzten) menschengemäßen Reiz-Reaktions-Schemata überzeichnet ist.

Die erzählerischen Rechtfertigungen dieser Überzeichnungen sind vielfältig. Sie greifen auf alles zu, was im Fundus der mythologisch, wissenschaftlich oder einfach spekulativ ästhetisch genährten Fantasien der Kulturgeschichte vorkommt:

Der Hammerwerfer Thor aus den Marvel-Comics ist ein nordischer Gott, sein Verlagskollege Spider-Man wurde von einer radioaktiven Spinne gebissen, Dr. Strange ist ein dank fernöstlicher Mystik erleuchteter ehemaliger Arzt, Iron Man ein genialer Ingenieur und Mechaniker, der Hulk wurde im Gammastrahlenschauer zum kraftstrotzenden Prügelbrocken, die Wild C. A. T.s (Wild Covert Action Teams) der Marvel-Konkurrenzfirma Image Comics sind außerirdische Flüchtlinge eines intergalaktischen Krieges, die X-Men dagegen Mutanten, die gemeinsam eine neue Spezies bilden, den »Homo Superior«.

Derlei erzählbare Herleitungen des Übermenschlichen kennt man in der Genre-Fachsprache als »Origin Stories«, Herkunftserzählungen. Weil die Serien, in denen diese Figuren leben, im Erfolgsfall Jahre, ja sogar Jahrzehnte lang weitergehen, werden ihre Herkunftserzählungen immer wieder Überarbeitungen unterzogen, oft in Rückblenden, die nicht selten vollständige Neufassungen darstellen. Das hat nicht nur, aber doch recht häufig kommerzielle Gründe, etwa die über längere Zeiträume veränderte Aufnahmebereitschaft des Publikums für bestimmte Formen von haarsträubendem Quatsch, die dieses Publikum früher oder später als überholt oder aus anderen Gründen unglaubwürdig betrachtet und deshalb lieber durch neuen, zeitgemäßen oder anderweitig glaubhafteren haarsträubenden Quatsch ersetzt sieht.

Nicht immer werden die dabei unvermeidlichen Widersprüche zwischen der bis zum jeweiligen Revisions- und Wendepunkt angesammelten Überlieferung (in Comic-Fansprache: »Continuity«) und den nachfolgenden, neu erfundenen, aber rückwirkend in die Vergangenheit verlegten Begebenheiten (»Retcon«, kurz für »retroactive continuity«) so intelligent aufgelöst wie bei Alan Moore in *Saga of the Swamp Thing*:

Als man dem Autor die seinerzeit nicht sonderlich populäre Serie anvertraute, hatte der Titelheld bereits zwei Inkarnationen hinter sich, erzählerisch konzipiert von Len Wein, visuell entworfen vom Zeichner Bernie Wrightson. In beiden war das Swamp Thing ursprünglich ein Mensch gewesen, der zunächst »Alex Olsen«, in einer zweiten Origin Story dann »Alec Holland« geheißen hatte. In beiden war dieser Mensch bei einer Explosion mit Material aus der Flora und bizarren biochemischen Agenzien zu einem Mischwesen verschmolzen, einem sogenannten »humanviridischen Hybriden«. Dessen Hauptanliegen war über viele Folgen die Rückverwandlung in eben den Mann, der er zuvor gewesen war und unbedingt wieder sein wollte. Moore jedoch war nicht bereit, diese mit evolutionsmystagogischen Versatzstücken aus alten Horrorfilmen durchsetzte Fabel ernst zu nehmen.

Dass es sich dabei um Fantastik handelte, störte ihn weniger – wer Superheldencomics schreibt und einem grünen Ungeheuer aus Kraut und Rüben am Schreibtisch so etwas wie Leben einhauchen will, ist für Haltungen wie Realismus und Naturalismus ohnehin verloren und lässt sich von Anfang an auf Fantastik ein.

Das Thema, das die beiden »Swamp Thing«-Ursprungserzählungen Alan Moore vorgaben, schien ihm indes zu abgegriffen: »Entmenschte Gestalt ringt um ihre Menschlichkeit«, das ist ein Topos aus der Gruselkiste, in der Genrestandards wie Dr. Jekyll und Mr. Hyde, Werwölfe und das Frankensteinmonster wohnen.

Moore war klar, dass die Qualität einer Heldengeschichte nicht zuletzt davon abhängt, ob im jeweiligen Werk ein einleuchtender Grund dafür entwickelt wird, dass die erzählten Handlungen, Erlebnisse und Erleidnisse der Hauptfigur gerade ihr zugerechnet werden und eben nicht irgendeiner anderen, die ihr bloß ähnelt (wie ein Horrortypus dem andern): Wenn man eine Geschichte vom Swamp Thing genauso gut mit einem Werwolf im Mittelpunkt erzählen kann, dann ist es eben keine Gute Swamp-Thing-Geschichte.

Moore überlegte sich also, was für eine Sorte Geschichte eigentlich nach einem überdimensionalen Pflanzenmenschen verlangt. Die Lösung lag Mitte der 1980er Jahre gleichsam auf der Straße, wo eine noch junge Ökologiebewegung gerade ihre ersten Großdemonstrationen abhielt. Beherzt griff Moore nach Situationen, Konflikten und Zuständen, bei denen es um den gestörten Stoffwechsel der menschlichen industriellen Zivilisation mit ihrer Umwelt, ihren natürlichen Lebensgrundlagen, aber auch allen nicht ins industriell-kapitalistische Entwicklungsschema passenden Zivilisations- und Kulturformen ging.

Den Instant-Ursprungsmythos vom Menschen, der zur Pflanze wurde und nun wieder Mensch werden will, überschrieb Moore so mit einem neuen, in seinem Sinne griffigeren, der die Sache sozusagen vom Kopf auf die Füße, genauer: vom Kopf auf die Wurzeln stellte. Swamp Thing ist bei ihm deshalb kein Mann, der zur Pflanze wurde, sondern eine Pflanze, die durch komplizierte, von Giften und industriell-gentechnischen Substraten katalysierte biochemische Prozesse eine Art Nervensystem ausgebildet hat, das beim Überschreiten einer spezifischen quantitativen Komplexitätsschwelle einen qualitativen Sprung seiner Informationsverarbeitungskapazitäten erlebt.

Das Zufallsgeschöpf wird damit seiner selbst bewusst und hält sich zunächst irrtümlich – das war Moores geniale Einverleibung des schon vorliegenden Quellenmaterials – für einen Menschen, nämlich einen gewissen Alec Holland, der in derselben Sumpfexplosion ums Leben kam, die im Swamp Thing den Funken des Bewusstseins zündete. Kurz: Es hat folglich seinen neu erwachten Geist mangels anderweitiger Anleitung nach den sterbenden, letzten Signalen einer verlöschenden Menschenseele modelliert und dabei deren Selbstidentifikation übernommen.

Wie gesagt: Weniger fantastisch als das, was Wein und Wrightson ihm hinterlassen hatten, war Moores neue Ursprungserzählung nicht. Um aber zu verstehen, wie Moore die Möglichkeiten der Fantastik hier vor allem geschickter beansprucht hat als seine Vorgänger, sollte man sich zunächst klarmachen, was das eigentlich ist, das Fantastische – und dabei einigen beliebten Missverständnissen und zu kurz greifenden Bestimmungen vorbeugen, die als leidiger Ballast auch die Erforschung des fantastischen Subgenres »Superheldengeschichten« oft daran hindern, ihren Gegenstand überhaupt zu erreichen, geschweige zu durchdringen.

Das Fantastische ist keineswegs, wie eine weit verbreitete Fehldeutung des Begriffs wähnt, einfach »das, was es nie gegeben hat«, »das, was es nicht gibt« oder gar »das, was es nicht geben kann«. Wäre dem nämlich so, dann würde vieles, das in den drei erfolgreichsten Untergattungen der modernen Fantastik vorkommt, nämlich in der Fantasy, in der Science-Fiction und im übernatürlichen Horror (im Gegensatz zum realistischen Horrorthriller) aus der Fantastik herausfallen, das es durchaus einmal gegeben hat (Ritter, Alchemisten oder Saurier), einmal geben kann (Reisen zu anderen Planeten, wenigstens denen des hiesigen Sonnensystems) oder jedenfalls geben könnte (Geschöpfe, die klüger sind als wir und die uns hassen).

Manchmal wird das Fantastische definiert als »das, was den uns bekannten Naturgesetzen widerspricht«. Die Wahrheit sieht anders aus: Fantastik widerspricht nicht primär den Gesetzen, die wir aus der Erfahrung abstrahieren, sondern zentral dieser Erfahrung selbst, nämlich ihrem beim Publikum der Fantastik zum Zeitpunkt der Erschaffung der betreffenden Werke jeweils gegebenen Durchschnitt.

In den 1940er Jahren, als es durchaus schon elektronische Computer gab, war die meiste Literatur, in der sie vorkamen, daher Science-Fiction und also Fantastik; spätere Texte über dieselben Maschinen waren es nicht immer und können es daher auch nicht mehr werden. Was indes zum Zeitpunkt seiner Entstehung Fantastik ist, bleibt es – auch wenn man's später dafür loben kann, dass es nicht nur unterhaltsam, erbaulich und ästhetisch geglückt war, sondern auch »die Zukunft vorhergesagt« hat, was im Laienverständnis sogar das entscheidende Differenzkriterium der Science-Fiction gegenüber allen anderen Genres sein soll – ein Fehlurteil, das zu korrigieren hier zwar der Raum fehlt, dessen Verkehrtheit aber vielleicht eingesehen werden kann, wenn man sich klarmacht, dass ältere Science-Fiction auch dann noch gelesen wird, wenn die Zukunft, von der sie vordergründig handelt, bereits vorbei ist und sich dann entweder ähnlich ereignet hat, wie sie im Text beschrieben ist, oder vollkommen anders.

Science-Fiction handelt nicht von der Zukunft, sondern, wie alle Erzählkunst, vom Möglichen, vom Vorstellbaren. Sie tut das allerdings unter Anwendung bestimmter Techniken der Erschließung dieses Möglichen, die sich von denen unterscheiden, welche in anderen Genres vorherrschen – Techniken, von denen gleich noch zu reden sein wird.

Alan Moore hat in *Saga of the Swamp Thing* mit seiner neuen Herleitung der Attribute des Titelhelden einen Schritt von einer Schnittstelle zwischen Horror und Fantasy, nämlich vom Werwolfmythos und seinen Analoga aus, zur Science-Fiction getan.

Dieser Schritt ist in der Geschichte des Superheldengenres recht häufig vorgekommen: Der DC-Held Hawkman zum Beispiel, optisch ein klar erkennbarer Comic-Vorfahr der fiktiven Pop-Ikone, von deren Macht über ein Schauspielerleben der Film *Birdman* (2014) von Alejandro González Iñárritu handelt, war in seinem ersten Leben während des sogenannten »Golden Age« der Superheldencomics ein wiedergeborener ägyptischer Prinz, also eine reine Fantasy-Schöpfung. Etwas später, im »Silver Age«, deklarierte man ihn zum außerirdischen Polizisten um. Solche Wechsel der Genrespur machen einen großen Teil der nicht nur handlungsrelevanten, sondern visuellen und sonstigen atmosphärischen Unterschiede aus, die es gestatten, die Erzeugnisse des Golden Age und diejenigen des Silver Age auseinanderzuhalten und beide wiederum von einer dritten Superheldenepoche zu unterscheiden, die in den siebziger Jahren des vorigen Jahrhunderts heraufdämmerte und im darauffolgenden Jahrzehnt unter dem Einfluss von Autoren wie Moore, seinen Kollegen Chris Claremont, Neil Gaiman, Grant Morrison sowie dem Zeichner und Autor Frank Miller ihre bis in die Gegenwart reichende Geltung gewann.

Die ganze Entwicklung war allerdings keine lineare, mit einer klaren Richtung versehene Spielart des vieldiskutierten Fortschreitens der Kulturtatsachen zum Glaubhaften und Aufgeklärten, sondern vollzog sich wie alles Historische in Widersprüchen und Sprüngen: Dass Hawkman zuerst per Seelenwanderung, dann aber per interstellarem Raumflug zu uns kam, und dass das Swamp Thing zunächst ein fluchbeladener

Mensch war und dann zur wissenschaftlich-technisch vom Stumpfsinn emanzipierten Pflanze wurde, bedeutet eben nicht, dass die Münchhausiaden der Superhelden-Stoffe zwangsläufig allmählich zurechnungsfähiger, erwachsener und lebensnaher werden.

Denn die umgekehrte Richtung kam im Laufe der Entfaltung des Genres genauso oft vor: Superman zum Beispiel konnte anfangs nur höher springen als gewöhnliche Sterbliche, aber noch nicht fliegen, geschweige schweben, und Spider-Man war zu Beginn ein realistisch dargestellter Jugendlicher mit solide diesseitiger Orientierung (Fotojournalismus, Naturwissenschaften), der sich in eine bodenständige, leidenschaftliche Rothaarige verliebte, die er schließlich sogar ganz bürgerlich-realistisch heiraten durfte – ein Glück, das nicht von Dauer war; denn wer raubte ihm dieses praktische, bürgerliche, realistische und diesseitige Leben in der herzzerreißenden Geschichte *One More Day* (*Nur noch ein Tag*, 2007–2008), verfasst von J. Michael Straczynski und gezeichnet von Joe Quesada? – Mephisto, also ein alles andere als diesseitiger Teufel, der schon den Doktor Faust geärgert hat.

Ganz verschiedene Parameter des Möglichen und Unmöglichen, des Plausiblen und Verrückten beherrschen also die Superheldenuniversen. Deren Gesamtanlage ist damit ein komplexer Bau aus zahlreichen Echo- und Hallräumen zwischen Science-Fiction, Fantasy, Horror, christlicher und nichtchristlicher Mythologie, Literatur- und Kunstgeschichte.

Das sind ausgedehnte Schatzkammern, die man geplündert hat und weiter plündert, um Superheldinnen und Superhelden zu erschaffen, zu kostümieren, zu reformieren, zu deformieren, zu fixieren und dann wieder in Bewegung zu versetzen – eine verwirrende Angelegenheit, der man durch die rein beschreibende und aufzählende Betrachtung dessen, was da alles vorkommt, keine Ordnung überstülpen kann.

An diesem Punkt empfiehlt es sich daher, die Binnenperspektive der Texte und Bilder zu verlassen, also nicht mehr davon zu reden, was Alan Moore, Chris Claremont und andere im Einzelnen so zu erzählen hatten, sondern stattdessen ein paar Auskünfte und Überlegungen betreffend die äußere Geschichte des Genres zu riskieren: Wann und wie kam es überhaupt dazu, dass dieses Genre sich von älteren Spielarten der Fantastik löste, was verdankt es ihnen und wie hat es das, was es ihnen verdankt, zu etwas Neuem und Eigenem gemacht?

Von der Romantik zur Science-Fantasy

Die erste Geschichte um Superman erschien im Juni 1938 in *Action Comics*, veröffentlicht vom Verlagshaus Detective Comics Incorporated, später bekannt als DC Comics (eigentlich ein Namensfehler, das »C« im Zwei-Buchstaben-Kürzel steht ja

---

Gründungsjahre der großen Superhelden-Verlage

DC (damals »National Publications«):
1934
MARVEL (damals »Timely Publications«):
1939
IMAGE (Studiozusammenschluss von Künstlern, die das Geld, das sie für Marvel und DC verdienten, nicht mehr mit den Verlagen teilen wollten):
1992

Die Superman-Gründerväter Joe Shuster (1914–1996) und Jerry Siegel (1914–1992).

schon für »Comics« – die Formel hat sich allerdings inzwischen eingebürgert, auch das Haus selbst gebraucht sie).

Gezeichnet hat die Superman-Premiere Joe Shuster, geschrieben hat sie Jerry Siegel. Jahrelang waren diese beiden zuvor erfolglos von Comic-Verlag zu Comic-Verlag gewandert und hatten versucht, ihren Helden zu verkaufen. Das erste Heft, in dem er zeigen durfte, was er konnte, erreichte seine Leserschaft im selben Jahr, in dem ein Film in die Kinos kam, dessen Romanvorlage fast eine Dekade früher direkte Inspiration für Siegel gewesen war: *The Gladiator*.

Das Buch von Philip Gordon Wylie aus dem Jahr 1930 hieß allerdings anders, nämlich schlicht *Gladiator*, ohne Artikel – derlei ist im Superheldenwesen nicht bedeutungslos (noch heute streiten sich Fans, ob der Beschützer von Gotham City »The Batman« oder bloß »Batman« heißt). Wylies Buch erzählt eine Ursprungsgeschichte: Ein Mann, der zu den typischen, mal wohlmeinenden, mal bösartigen, immer aber ziemlich wahnsinnigen Wissenschaftlern der damaligen spekulativen Genreliteratur zählt, erfindet ein Übermenschenserum, spritzt

Anzahl der Design-Veränderungen von Supermans »S«-Emblem in Comics, Filmen und Fernsehserien seit 1938

11 (nämlich zweimal 1939, dann 1941 für Cartoons, 1946 in den Comics, 1948 für eine Kino-Kurzfilmserie, 1951 für einen Film und die darauffolgende Fernsehserie, 1958 in den Comics, 1978 für den ersten Spielfilm mit Christopher Reeve, 1986 für die Comics, 2006 für den Film *Superman Returns* und 2011 für einen Relaunch von DC).

es seiner schwangeren Frau und verleiht seinem Sprössling damit die Muskelkraft einer Ameise und das Sprungvermögen eines Grashüpfers – auf Menschenmaß hochskaliert, so wie Spider-Man später »the proportionate strength of a spider« besitzt.

Die Sache mit der Proportionalität und der Skalierung klingt wissenschaftlich exakt, ist aber großer Blödsinn – aufgrund des in unserer Realität unverletzbaren »square cube law«, das allen derartigen Fantasien von der Skalierbarkeit der Leistungspotenziale eines Organismus eine scharfe Grenze zieht: Wird eine Ameise, eine Spinne oder irgendein anderer kleiner Körper vergrößert, so erhöhen sich das Volumen und die Masse, gleiche Dichte vorausgesetzt, kubisch (»hoch drei«), während seine Oberfläche nur quadratisch (»hoch zwei«) zunimmt, weswegen Ameisen, Spinnen oder Grashüpfer von Menschengröße oder darüber unter ihrem eigenen Gewicht zusammenbrechen müssten.

Für Erzählungen, die sich wie Wylies *Gladiator* zwar wissenschaftlich anhören, aber im Gegensatz zu den Spekulationen sogenannter »Hard Science-Fiction« schon von physikalisch halbwegs orientierten Zehnjährigen als Unfug durchschaut werden können, gibt es einen eigenen Genrenamen: Man nennt sie Science-Fantasy.

Hervorgegangen ist diese Untergattung der Fantastik aus drei Quellen: erstens der europäischen »Scientific Romance«, wie sie im 19. und frühen 20. Jahrhundert etwa von Autoren wie Jules Verne, H. G. Wells und Charles Howard Hinton geschrieben wurde, zweitens der amerikanischen »Scientifiction« und dann »Science-Fiction«, die in den 1920er Jahren Name und Gestalt bekam, und schließlich drittens einigen Bausteinen der »Heroic Fantasy« oder »Epic Fantasy«, wobei

»Fantasy« hier wiederum nicht einfach das Fantastische insgesamt meint, sondern eine spezielle, eigenständige, aber an den Rändern mit allerlei Nachbargenres in spiegelflächenreichen Überblendungen verwandte Kunstrichtung, deren Ursprung gemeinsam mit dem, was man heute übernatürlichen Horror nennt, wiederum in verschiedenen Spielarten der neuzeitlichen Romantik gesucht werden kann.

Zur Science-Fantasy zählt man so unter anderem die meisten Werke des modernen Horrorpioniers H. P. Lovecraft, der aus ihr eine neue Spielart dessen entwickelte, was er selbst in einem sehr einflussreichen Essay »supernatural horror« taufte, sowie einiges, das Robert E. Howard, der Erfinder des Barbaren Conan, geschrieben hat (allerdings nicht die Conan-Geschichten selbst), aber auch die Venus- und Marsgeschichten des »Tarzan«-Erfinders Edgar Rice Burroughs.

Fantasy, Science-Fiction, Supernatural Horror, Science-Fantasy – viele Namen für Verwandtes, wie soll man sich da zurechtfinden? Statt lange Reihen von Autorinnen, Autoren und Werken aufzuzählen, empfiehlt sich hier die Konstruktion einer funktionalen Kompasstafel.

Das wird oft versucht – und erbringt dann üblicherweise Resultate wie »Mimetische Fiktion ist realistisch, Fantastik ist unrealistisch, Science-Fiction ist unrealistisch, aber naturgesetzbezogen, Fantasy ist unrealistisch und nicht naturgesetzbezogen«, alles wie gehabt (und oben schon in Frage gestellt), oft auch in der Form präsentiert: »Was in der Science-Fiction passiert, könnte wirklich passieren, was in der Fantasy passiert, könnte nicht wirklich passieren, und was im übernatürlichen Horror passiert, der manchmal auch ›Dark Fantasy‹ genannt wird, könnte auch nicht passieren, wäre aber sehr schlimm, wenn es passieren würde.«

Dies alles ist vor allem deshalb unbefriedigend, weil es seinen Definitionsbereich in eine einfallslose Abhängigkeit vom Stoff zwingt – und damit eine Sorglosigkeit gegenüber der Form und den weitergehenden ästhetischen Absichten und Effekten jener Genres dokumentiert, die sich die ästhetische und kritische Debatte bei kaum einem anderen Genre erlaubt. Sätze wie »Die Humoreske behandelt Tortenschlachten und Verwechslungen« oder »Im historischen Roman kommen Ritter oder Nazis vor« sind lächerlich; die einschlägigen Wissenschaften und Rezensionen helfen sich üblicherweise mit gescheiteren Einfällen wie »Die Humoreske behandelt die komische Fallhöhe zwischen Erwartung und Wirklichkeit« oder »Der historische Roman erschließt vergangene Epochen anhand erzählerischer Konkretion im Ideenraum des Schicksalsbegriffs«.

Dass es in der Kunst insgesamt nicht um das geht, was wirklich ist oder wirklich war, weiß man spätestens seit Aristoteles. Eine spezifische Differenz der Fantastik zu anderen Gattungen wird man also nicht einfach mittels ihres je nach Genre unterschiedlich großen Abstands zum Tatsachenbericht bestimmen können. Ich schlage daher ein anderes vor; eines, das sich erheblich stärker dafür interessiert, wie die Fantastik arbeitet, als dafür, was sie im Einzelnen darstellt. Dieses Dargestellte, so viel ist klar und oben bereits gesagt worden, widerspricht der Durchschnittserfahrung des Publikums. Damit handelt sich Fantastik unmittelbar ein Darstellungsproblem ein, das Schulen wie der Realismus oder der Naturalismus nicht haben: Wie erzähle ich den Leuten etwas, das sie nicht glauben können, Leuten, die wissen, dass das, was sie da gerade vor sich haben, »nur« ein Text, ein Bild, ein Comic oder ein Film ist, und also ohnehin schon zum Unglauben neigen?

Der Widerstand, den die Fantastik überwältigen muss, um ihre ästhetischen Wirkungen zu erzielen, ist nicht wie bei anderen Genres die Trägheit des Alltagsverstandes oder irgendeine Empathieblockade, sondern der schlichte und umfassende Unglaube an die Welt, in der das angesiedelt ist, was Fantastik abbildet.

Der Dichter Samuel Coleridge hat diesen Widerstand mit einem aus der Sphäre des Religiösen stammenden Wort »disbelief« getauft. Coleridges besonderes Interesse an dieser Sache rührte daher, dass er in seiner Heimat England zu den herausragenden Vertretern einer Kunstrichtung zählte, die mythologisches Erbe, anthropologische Parameter menschlichen Hoffens und Fürchtens sowie die neuesten wissenschaftlichen Nachrichten der Epoche filterte und sortierte, um ein Gebräu daraus zu machen, in dem mit medizinischen Mitteln erweckte Tote, mechanische Tiere und Zaubertränke gleichberechtigte Requisiten neben verfallenen Schlössern und moderner Kleidung sein konnten. Diese Schule hieß »Romantik«; zu ihr zählt man unter anderem Mary Shelley, deren *Frankenstein* (1818) von vielen als der erste Text sowohl der Science-Fiction wie des modernen übernatürlichen Horrors betrachtet wird, aber auch E. T. A Hoffmann oder eben Coleridge. Das Wort »Romantik« benennt, wie das bei historischen Namen für Gruppenleistungen nicht selten vorkommt, sehr unterschiedliche, heterogene Erscheinungen. Sie besaßen nicht nur zukunftsweisende, sondern auch durchaus unerfreuliche Züge – von der Entwertung und Zerstörung stimmiger Kunstmaßstäbe, die von der Klassik erarbeitet worden waren, bis zu blutpatriotisch-politischer Hetze oder religiösem Obskurantismus.

Fraglos aber bereitete die Bewegung, die wir heute so nennen, eine Zeit vor, in der die Kunstmittel sich zusehends von vormaligen Kunstzwecken wie moralischer Erziehung oder historischer Bildung emanzipierten – was da geschah, war die erste Ahnung einer Epoche namens »Moderne«, in der diese Kunstmittel, also Töne, Farben oder Worte, dann zu Gegenständen, im strengen Sinn stofflichen Vorgaben, also auf nicht-triviale Weise »Materialien« der Kunst werden konnten.

Der erste Vorschein dieser Epoche, eben die Romantik, fand sich von einer ästhetischen Zeitstimmung umzingelt, deren Abstreifen alter Kunstvoraussetzungen (klare gesellschaftliche Rangordnungen vom Gönnerstand bis zum Künstlerberuf, gemeinsamer christlicher Glaube von Künstlerschaft und Publikum) sie ebenso tief erschütterte wie der neue Imperativ einer Ersetzung jener abgetanen Voraussetzungen durch ganz neue (Markt, technischer Fortschritt).

Da die alten Kunstzwecke (Einübung der besagten Rangordnungen, Bestätigung des vormals verbindlichen Glaubens) abstarben und die neuen (Demokratie, sozialer Fortschritt) noch nicht kunsterprobt (und den rechten Wortführern insbesondere der deutschen Romantik überdies von Herzen unsympathisch) waren, wandte sich die Romantik den Mitteln zu, mit denen man jene Zwecke bislang erreicht hatte und mit denen man jetzt womöglich ganz andere Zwecke, zum Beispiel brückenschlagende Synthesen aus den alten einerseits und noch unbekannten andererseits, würde bauen müssen.

So warfen sich die romantischen Kunstschaffenden zur Erzeugung neuer Arrangements der Mittel, die diese Mittel einzeln als Effektmaschinen analysierten und dann zu wirkmächtigen Totalitäten verschmolzen, in neue Effektwelten – von der »progressiven Universalpoesie« (Friedrich Schlegel) bis zum »Gesamtkunstwerk« (Richard Wagner).

Da jetzt von den ästhetischen Mitteln verlangt wurde, nicht

mehr nur eine vorhandene Welt durch Gleichnisse, Bildnisse und Erzählungen von Nichtvorhandenem zu beleuchten und zu erschließen (das hat, wie gesagt, schon Aristoteles in seiner frühen Theorie als Aufgabe der Kunst bestimmt), sondern eine (noch) gar nicht vorhandene Welt zu konstruieren, war der Kunstwille geradezu gezwungen, der durchschnittlichen Erfahrung des Publikums zu widersprechen.

Dies vorausgesetzt, war unter allen Effekten, die er erzielen musste, der wichtigste eben die Aufhebung des Unglaubens an diese nicht vorhandene Welt, also die bis heute in allen unterrichteten Auseinandersetzungen mit Fantastik zentrale »suspension of disbelief«, der Samuel Taylor Coleridge in seinem theoretisch-poetisch-poetologischen Hauptwerk *Biographia Literaria* 1817 den gültigen Namen gab.

Das Wichtigste an dieser Aufhebung ist eine Unterscheidung der fantastischen Kunst gerade nicht gegenüber der Realität, sondern gegenüber anderen Modi des Umgangs mit dem Unwirklichen, dem der Erfahrung nicht Gegebenen. Der wichtigste unter diesen anderen Modi ist der religiöse Glaube. Die Aufhebung des Unglaubens ist nämlich nicht dasselbe wie dieser Glaube: Science-Fiction ist etwas anderes als Scientology.

Wir wissen, dass Leute ohne Flugzeug nicht fliegen können, aber Superman kann es doch, aus eigener Kraft, und das Flugzeug von Wonder Woman ist immerhin unsichtbar. Wir glauben nicht daran, dass Superman und Wonder Woman tatsächlich existieren, und erwarten von ihnen nicht das, was Religiöse von ihren Gottheiten erwarten, etwa die Beendigung von Kriegen oder die Linderung persönlichen Leidens.

Dennoch haben wir uns dazu erzogen, beim Nachvollzug ihrer in Comics, Romanen, Filmen, Computerspielen dargestellten Erlebnisse gleichsam willentlich zu vergessen (also, mit Coleridge: zu suspendieren, aufzuheben, zu ignorieren), dass wir wissen, dass Leute ohne mehr oder weniger sichtbare Flugapparate nicht fliegen können.

Der Komiker Patton Oswalt hat den Unterschied zwischen »Glaube« und »Aufhebung des Unglaubens« einmal am Unterschied zwischen der Bibel einerseits und Comics über den Superhelden Green Lantern andererseits sinnfällig gemacht. Christliche Eiferer, die sich in den Vereinigten Staaten von Amerika gegen das Heirats- und das Adoptionsrecht für homosexuelle Paare ins Zeug legten, ließ Oswalt wissen: Euer Argument gegen neue Gesetze ist offenbar, dass Gott keine Homosexuellen mag, was ihr, so erklärt ihr uns, in der Bibel gelesen habt. So schön das nun sein mag, dass ihr immerhin ein Buch mögt – keine Selbstverständlichkeit in unserer Zeit des sich schleichend ausweitenden Analphabetismus –, so wenig könnt ihr eure Forderungen mit dieser Begründung politisch geltend machen. Denn ich kann ja schließlich auch nicht zum Weißen Haus spazieren und vom Präsidenten verlangen: »Ich will einen Ring, der meine Willenskraft in wirkliche Dinge verwandelt, denn Green Lantern hat so einen, das habe ich in einem Comicheft gelesen.«

Behält man die Funktionsweise der Aufhebung des Unglaubens und ihre Differenz vom eigentlichen Glauben im Sinn, wird man mir leicht folgen können, wenn ich sage: Unter »Fantastik« verstehe ich im Folgenden etwas, dessen Begriffsbedeutung zugleich enger als auch weiter, aber vor allem anders gefasst ist, als andere dieses Wort gebraucht haben und gebrauchen, von den einschlägigen akademischen Autoritäten zwischen Tzvetan Todorov und Fredric Jameson über Praktikerinnen und Praktiker wie China Miéville oder Ursula K. Le Guin bis hin zu Kritikerinnen und Kritikern wie John Clute oder Joanna Russ. Für mich, und mithin hier, in diesem Text, ist Fantastik schlechthin die Gesamtheit aller künstlerischen Techniken, die ihre jeweiligen Darstellungsmittel offensiv und konsequent dem Hauptzweck der Aufhebung des Unglaubens unterordnen.

Drei Großfamilien bewahren heute das genetische Grundmaterial dieser Techniken: Science-Fiction, Fantasy und Übernatürlicher Horror.

1. Die Science-Fiction erreicht die Aufhebung des Unglaubens im Wesentlichen durch die Ablenkung des kritischen Bewusstseins auf Probleme des Erkennens, des Wissens, technischen Könnens und logischen Schließens – anstatt also etwa zu fragen »Gibt es nichtmenschliche Intelligenz?« und damit den Unglauben an dergleichen zu wecken, fragt sie lieber »Wie kommuniziert man mit nichtmenschlicher Intelligenz?« oder »Wie wird die Rangordnung zwischen nichtmenschlicher und menschlicher Intelligenz hergestellt, dort, wo sie einander begegnen?« oder »Was für ethische Maßstäbe hat nichtmenschliche Intelligenz?«. Während man das Kunstwerk erlebt, den Film sieht, das Buch liest, folgt man diesen Fragen, und hat so keine Energie dafür übrig, die gefährlichere Frage zu stellen: »Glaube ich das überhaupt, was mir da erzählt oder gezeigt wird?«

2. Die Fantasy erreicht die Aufhebung des Unglaubens durch Anklänge an Muster von Dingen, welche die Menschen früher oder anderswo glaubten und glauben, die man kleinen Kindern erzählt oder die sie sich selbst ausdenken, wenn sie noch nicht gelernt haben, vernünftig von der eigenen Beobachtung zu abstrahieren – Assoziationen aus dem Bereich des naiv Wunderbaren also, des Sagen- und Märchenhaften, in

Kulturgedächtnissen Verankerten: Geister, Dämonen, Engel, »magisches Denken« (Sigmund Freud).

3. Der Übernatürliche Horror schließlich bewirkt die Aufhebung des Unglaubens mittels gezielt herbeigeführter viszeraler Kurzschlüsse im Gehirn, im limbischen System der Bild- oder Symbolwahrnehmung mit dem somatischen Empfinden, dem Körpergefühl – durch Grusel, also Angstreflexe, Spannung, nervöses Unbehagen, aber auch andere, etwa sexuelle Körperimpulse – es ist eine Binsenweisheit im Horrorgenre, dass Sex, Schmerz und Tod als Topoi einander bis an die Schwelle des Unerträglichen wechselseitig verstärken können.

Wer dank gelungener Tricks solcher Art in ein Kunsterlebnis hineingezogen wird, in dem dann gar alle Drei einander hochschaukeln, wird kaum noch kleinliche Fragen nach Plausibilität und Rationalität des Dargestellten oder Suggerierten stellen.

Man kann diese drei Herangehensweisen selbstverständlich miteinander kombinieren und ineinanderschieben, um komplexere oder stärkere Effekte zu erzielen. Tatsächlich gibt es inzwischen nur mehr sehr wenige neu entstehende Werke, die von einer einzelnen der Drei unter völliger Vernachlässigung der anderen beherrscht werden. Schon Lovecrafts Kosmologie ist pure Science-Fiction, die Monster, die ihr entspringen, sind aber einerseits Fantasy, andererseits Körperhorror; die *Star Wars*-Filme wiederum sind Science-Fantasy, bei der das, was da noch »Science« heißen darf, die dünnste Kostümierung einer höfisch-mittelalterlichen Welt voller Ritter samt Ritterorden, Zauberer, böser und guter Herrscher samt Aristokratie sein dürfte, die man sich denken kann; während J. R. R. Tolkiens *Herr der Ringe* zwar formell zur »High Fantasy« zählt, die Sprachen der Ethnien, die da vorkommen, aber, da Tolkien Sprachwissenschaftler war, mit einer Sorgfalt ausgearbeitet sind, die sich neben den besten Science-Fiction-Sprachen spekulativ entworfener Außerirdischer von Gene Roddenberrys Klingonisch über Suzette Haden Elgins Láadan bis zu den Dialekten der Rann in den DC-Comics um Adam Strange oder Supermans Kryptonisch nicht zu schämen brauchen.

Zwei der drei Großfamilien von Techniken, die ich benannt habe, kann man heute unvermischt wohl nur noch in äußerst schmalen, von besonders hingebungsvollen Fans finanzierten Segmenten der jeweiligen Genres studieren, in der »Hard SF« und im »Underground Horror«, der in letzter Zeit auch als »Bizarro Fiction« in Erscheinung tritt (und selbst der arbeitet mit Leihmitteln aus der Science-Fiction). Allein die Fantasy (sagen wir: zwischen Robert Jordan und G. R. R. Martin) hält noch auf ihre Reinheitsgebote, obwohl auch dort schon Ruhestörerinnen und Ruhestörer wie Mary Gentle oder Jeff VanderMeer am Werk sind.

Dass die drei Genres überhaupt je mehr oder weniger deutlich voneinander getrennte Bezirke waren, hat vermutlich weniger mit den Differenzierungsprozessen der Kultur-, Kunst- und Literaturgeschichte als vielmehr mit Marketing zu tun. Ihre jeweilige Blütezeit als klare, voneinander getrennte, distinkte Genresubkulturen hängt kommerziell von Zeitstimmungen ab, die direkt nach dem Zweiten Weltkrieg der amerikanischen, technikoptimistischen Science-Fiction Auftrieb gaben, in den frühen 1970ern die Fantasy als Lesestoff der von Beatniks und Hippies geschaffenen »Counterculture« etablierten und in den frühen 1980ern mit ihren Energie- und Ökosorgen, der Atomkriegsfurcht und den sozialen Verschärfungen der Ära zwischen Reaganomics, Helmut Kohls »geistig-moralischer Wende« und dem Thatcherismus für einen Horror-Boom sorgten, den als einigermaßen selbständig lebensfähige Größen seither nur die drei Großen Stephen King, Clive Barker und Dean Koontz bis ins 21. Jahrhundert überlebt haben.

Die Mischzustände, die man in unseren Tagen findet, waren indes schon in der Ursuppe der modernen Fantastik nachweisbar: Da, wie oben ausgeführt, die entscheidende Gemeinsamkeit der verschiedenen künstlerischen Verfahren, die wir im Rückblick »Romantik« nennen, in der Sichtung und im Neusortieren von alten und neuen Stoffen, Motiven, Figuren, Geschichten, Metaphern und Techniken zu finden ist, also im Abgleich von Mythologien, an die man nicht mehr glaubte, mit Wissenschaft und Technik, die noch in keiner evidenten Verbindung zur praktischen, alltäglichen sozialen Wirklichkeit des Ethischen, Moralischen und Kulturellen standen, gingen schon seinerzeit der Rückgriff auf den (Aber-)Glauben der Vorfahren und die Vorwegnahme des aufgeklärt hyperrationalen Menschen oft bunt durcheinander.

Noch in der Spätphase des eigentlich romantischen Erzählens, als sich bereits neue Genres (zu denen auch das nichtfantastische der Detektiv- und Kriminalstory gehört) aus dem Großphänomen Romantik schälten, stößt man auf Kuriositäten wie die, dass Arthur Conan Doyle, der Erfinder des ersten rationalen Superhelden Sherlock Holmes (dem er auch gleich einen ersten genialen Superschurken verpasste, den abgefeimten Professor Moriarty), zugleich einerseits jenen Champion des logischen Denkens erfinden konnte und sich andererseits zum Spiritismus bekannte (er hat sogar versucht, Gespenster zu fotografieren – ein bündigeres Sinnbild für das Ineinander von Fortschritt und Mythos wird man nicht leicht finden).

Überlappungszonen des Alten mit dem Neuen ergaben sich hierbei zunächst in Fällen, in denen sich ein (figürliches oder metaphorisches) Motiv in den Filtern der suchenden Künste verfing, das die verschiedenen Zeitebenen Vergangenheit, Gegenwart und Zukunft, also Mythos, Aufklärung und Utopie, direkt ineinander kollabieren lassen oder versöhnen konnte.

Hierher gehört der Falkenmensch, der ebenso gut Bote des Versunkenen, Ägyptisch-Archaischen sein mochte wie ein Besucher von den Sternen, der uns Zeiten verheißt, in denen wir fliegen können werden. Eine solche Verklammerung der Zeitebenen leistet aber nicht nur Hawkman, sondern jede einigermaßen erfolgreiche Superheldenfigur, allen voran der Stammvater: Von Siegels und Shusters Superman heißt es gleichsam sprichwörtlich, er sei »faster than a speeding bullet«, »more powerful than a locomotive« und in der Lage »to leap tall buildings in a single bound«, er übertrifft also in der geflügelten Wendung mit Kugel, Lokomotive und Kran drei Errungenschaften der Moderne, und weist dabei in zwei Zeitrichtungen: in die mythische Vergangenheit, in der es den biblischen Säulenstürzer Samson, den griechischen Globusträger Atlas und den griechisch-römischen Schlangenwürger Herakles oder Hercules gegeben haben soll, aber auch in die beschleunigt evolutionäre Zukunft, in der hochgezüchtete Prachtexemplare künftiger Heroenstämme Wunder vollbringen werden, die selbst den Leistungen gegenwärtiger Ingenieure ihre Grenzen aufzeigen.

Bevor Siegel und Shuster ihren Pop-Archetypen zur Welt brachten, hatte Alexandre Dumas in *Le Comte de Monte-Cristo* (*Der Graf von Monte Cristo*) bereits einen Mann geschildert, der sich aus Vergeltungswillen die Selbstdisziplin auferlegte, die nötig ist, übermenschliche Fähigkeiten zu erwerben. Sherlock Holmes befreite die Proto-Superheldenimago dann vom kleinlichen Rachemotiv, und kurz darauf proklamierte Friedrich Nietzsche, der romantischste aller Philosophen, den »Übermenschen« *tout court*, dicht gefolgt vom Dramatiker George Bernard Shaw, der in *Man and Superman* (*Mensch und Übermensch*, 1903) und *Back to Methuselah* (*Zurück zu Methusalem*, 1921) seine völlige Unkenntnis des wichtigen Unterschieds zwischen den Lehren von Charles Darwin einerseits und Jean-Baptiste de Lamarck andererseits dokumentierte, bevor Olaf Stapledon 1930 in *Last and First Men* (*Die letzten und die ersten Menschen*) im Rückgriff auf Edward Bulwer-Lyttons Superrassenspekulation *The Coming Race* von 1871 gleich 17 verschiedene Evolutionsstufen des Nicht-mehr-Menschlichen in eine Zukunft von mehreren Milliarden Jahren Dauer projizierte.

In die Zukunft kann man, zeigt Stapledons Entwurf, sehr viel weiter hineinfantasieren, als sich aus der vergleichsweise kurzen überlieferten Real- und Mythengeschichte herausspekulieren lässt. Die Symmetrie zwischen Gestern und Morgen ist damit von Anfang an gebrochen. Aber Superman, den die Comics ganz im Sinne der Zeitenverklammerung nicht nur den »Man of Steel«, sondern auch den »Man of Tomorrow« nennen, gesellt sich auch zu den Übermenschen von gestern ohne Berührungsängste – noch 2006, in der anspielungsreichen Miniserie *All-Star Superman* des Autors Grant Morrison und seines Zeichners Frank Quitely, begegnet er dem Hebräer Samson und dem Griechen Atlas, die ihn, teilen Morrison und Quitely uns beiläufig mit, von älteren, gemeinsam ausgestandenen Abenteuern her gut kennen.

Die Mitteilung ist keine leere Behauptung – derartige Begegnungen hatten in früheren Superman-Comics tatsächlich immer wieder stattgefunden und sogar zur Selbstfindung des

»Man of Steel« beigetragen, als der noch ein »Boy of Steel« war: In der Ausgabe 257 der Heftreihe *Adventure Comics* vom Februar 1959 zum Beispiel trifft Kal-El (so lautet Supermans respektive Superboys kryptonischer Geburtsname) als Jugendlicher Clark Kent (so heißt er als Adoptivkind des Farmerehepaars Jonathan und Martha Kent) auf einem Jahrmarkt »Hercules and Samson«, die sich, wie der Stählerne rasch herausfindet, nur deshalb in dieser unwürdigen Weise zur Schau stellen, weil sie ihn, von dessen Existenz sie offenbar wissen, damit anlocken wollen. Sie vermuten nämlich, seine Superfähigkeiten rührten von irgend etwas Magischem her, etwa einem Elixir oder sonstigen Sagenrequisit, und wollen, dass er ihnen Zugang dazu verschafft. Er klärt sie über die wahren Hintergründe auf: Die Leserschaft weiß ja, dass seine Superattribute sich nach der zuständigen Science-Fantasy-Ursprungserzählung den physikalischen Unterschieden zwischen seiner Heimat Krypton und Sol-3, der Erde, verdanken (»Wer von einer Welt mit stärkerer Schwerkraft stammt, kann bei uns fliegen« und ähnlicher Halbfug).

Samson und Hercules, erfahren wir, sind von einem Seher und Zauberer aus der Vergangenheit zu Superboy geschickt worden, weil sie beide allein mit einem bösen König nicht fertig werden, der in vielem an die Superschurken erinnert, die Superboy und Superman das Leben schwermachen.

Als die Helden den stählernen Teenager in die Vergangenheit mitnehmen, wird eine weitere zeitenübergreifende Motivverschränkung enthüllt: Beide Proto-Superhelden haben Geheimidentitäten, also Masken und Pseudonyme, ganz wie die meisten ihrer Comic-Nachfahren. Während Superboy beziehungsweise Kal-El sich in unserer Epoche als Clark Kent unter die Erdenbürger mischt, tarnt sich so Hercules in seiner eigenen als Stallknecht »Tarkus«, und Samson gibt sich als »Merrio« aus, Hofnarr des Königs.

Eine Gedankenblase verrät, was Superboy davon hält: »Our history books never told of this!« – schöner kann man die romantische Ironie, die sich aus dem Wechselgesang von Gestern, Heute und Übermorgen ergibt, nicht zusammenfassen.

Grundstein und Fundament:
Golden Age und Silver Age

Wer die Superhelden-Comics kennt, wird keine Mühe haben, die Begegnung zwischen Samson, Hercules und Superboy als typisches Beispiel für den DC-Stil des frühen Silver Age zu identifizieren.

Der nachgerade legendäre seinerzeitige Chefredakteur aller Superman-Titel Mort Weisinger setzte die ursprüngliche Vision des Duos Jerry Siegel und Joe Shuster in dieser Periode zahlreichen Belastungsproben aus, die schlagend bewiesen, dass die überlebensgroße Figur nicht nur unverwundbar, sondern auch überraschend flexibel war: Sie hielt sich aufrecht und unbeschädigt durch variable Genremodi von Science-Fiction bis zum Übernatürlichen Horror, Konfrontationen mit weit auseinanderliegenden Arten von Krisen (Liebesleid, Superschurken, gewöhnliche Kriminalität, Naturkatastrophen), unterschiedlichste persönliche Schicksale (häufig als »imaginary story« verkauft: »Was wäre, wenn Superman heiraten würde?« – als wären nicht alle Superman-Geschichten »imaginär«, sondern einige noch etwas ausgedachter als andere).

Was trennt nun jenes vielberufene Silver Age vom mindestens ebenso oft beschworenen Golden Age, das davor kam? Und wie unterscheiden sich die beiden von allem, was im Genre danach, vor allem aber nach einer breit diskutierten, durch *Watchmen* (*Die Wächter*, 1986 bis 1987) von Alan Moore und Dave Gibbons gesetzten Zäsur kam?

Die Fan- und Fachwelt setzt sich mit solchen Fragen der Epochensortierung seit Jahrzehnten auseinander. Zeitschriften wie *Comic Buyer's Guide*, *Amazing Heroes* oder *Wizard*, Bücher, Websites und Blogs handelten und handeln von nichts anderem. Ich mag und kann mich schon aus Platzgründen hier nicht näher darauf einlassen und gebe daher lediglich kurze Skizzen der beiden ersten »Zeitalter« des Superheldenwesens. Dabei trenne ich sie nicht wertend voneinander, sondern erstens nach ihren äußeren Publikationsbedingungen und zweitens nach bestimmten formal-ästhetischen Tendenzen, wobei bewusst eher grobe, ja vergröbernde Kriterien angelegt werden, die man ebenso wenig wie die oben gegebenen Genredefinitionen für SF, Fantasy und Horror absolut setzen sollte. Denn schon im Golden Age gab es einige Superheldengeschichten, die bereits die riskanteren Vorlieben des Silver Age erkennen ließen, und umgekehrt findet man noch im späten Silver Age solche, die an die auffälligsten Merkmale (manche sagen: größten Vorzüge, andere: schlimmsten Schwächen) des Golden Age erinnern.

Die äußerliche, verlags- und vertriebsgeschichtliche Abgrenzung der beiden Gründerzeiten vom Vorangegangenen fällt dabei sehr leicht: Die Fachwelt lässt das Golden Age meist mit dem ersten Superman-Abenteuer in *Action Comics* 1938 beginnen. Ästhetisch neigte man in den Vereinigten Staaten während der auf diesen Moment folgenden Zeit, die von der Weltwirtschaftskrise und zwei Weltkriegen geprägt war, zwischen neuer Architektur, ubiquitärer Technik, eben erfundenem Kino und sonstiger Kulturindustrie zum plakativen Gigantismus.

So wurden, so lange der Krieg zwischen den Achsenmächten und den Alliierten dauerte, von Firmen wie Detective Comics, Timely Comics oder All-American Publications in den späten 1930er und frühen 1940er Jahren in den ursprünglichen Superhelden-Comics grundsätzlich klobige, wenig geschmeidige, ja starre Gussformen geschaffen – U-Boot-Menschen, Raketenmenschen, Kanonenmenschen, Hyperpatrioten, Megasoldaten und Ultrapolizisten. Dass die Popularität dieser Gestalten Anfang bis Mitte der 1950er Jahre nachließ und einer neuen Auffächerung der Genres weichen musste, so dass bald Horror-, Western- oder Science-Fiction-Titel ihren Platz einnahmen, mag man im Sinne verallgemeinernder Massenpsychologie erklären: Die überlebensgroßen Gesten und ihre Aufgabe, »künstliche Massen« (Freud) zu erzeugen, nämlich als Gefolgschaften ihrer Staatenlenker zu binden, war mit dem Ende des Zweiten Weltkriegs aus der amerikanischen Öffentlichkeit verschwunden.

Diese sozusagen kulturmorphologische Erklärung kann freilich nur den Rahmen einer detaillierteren Untersuchung abstecken, für die hier der Raum fehlt. Zumindest auf einen rein medienökonomischen Faktor, der die Sache zusätzlich regiert haben dürfte, soll aber noch hingewiesen sein: Bei erfolgreichen massenkulturellen Erzählmedien, vom Feuilletonroman bis zur web-basierten Serie, findet man bei genauerem Hinsehen stets eine enge Verzahnung der in Aufbruchsphasen forcierten Diversifizierung (man will nicht immer Krimis gucken, man will nicht immer von Superhelden lesen) mit künstlerischen Auseinandersetzungen um das, was ich auf Seite 35 »Kunstzwecke« genannt habe.

Gegen Ende des Golden Age wurde nun die ganze Comic-industrie aufgrund einer nachrichtengestützten, von der Pädagogik wie dem Sensationsjournalismus geschürten Panik über den angeblich verrohenden, allerlei Hemmschwellen bei Gewalt und Sex herabsetzenden Einfluss, den die neue, industrialisierte Unterhaltungswirtschaft auf die Jugend der Vereinigten Staaten ausübte, zur Zielscheibe ernster Vorwürfe, die sich in dem Buch *The Seduction of the Innocent* (*Die Verführung des Unschuldigen*, 1954) des Psychologen Fredric Wertham zum Generalangriff auf die extremeren Comics (vor allem im Horrorgenre) ballten und schließlich sogar das Parlament, nämlich den Kongress beschäftigten.

Die Branche half sich mit einer neuen Selbstkontrollinstanz, der »Comics Code Authority«, und einer allgemeinen Dämpfung des Schock- und Hysteriegehalts ihrer Produkte. Das traf diese allerdings insgesamt und nicht speziell die Superhelden, deren bunte Kostüme aus den obengenannten kulturhistorischen Gründen bereits ein wenig verblasst waren.

Ab etwa 1956 geschah dann jedoch etwas, das in der Popkultur von Musik bis Film mit ihren Retro- und Revivalzyklen inzwischen häufig, ja nahezu im Jahreszeitenrhythmus vorkommt: Das eben noch Abgetane erstrahlte in neuem Glanz, und zwar entlang der seither oft bewährten Doppelstrategie, jenes Alte als solches einerseits zu überarbeiten und ihm zugleich andererseits Neues zur Seite zu stellen, das die Formen des Alten dehnt, staucht, ausbaut oder reduziert, aber nie zerbricht: Medien schaffen neue Genres und etablieren dann einen neuen Kosmos von erstens Binnenverweisen im jeweiligen Genre und zweitens Echos auf andere Genres. Auf eine Phase der Stiletablierung folgt daher eine Phase, in denen eine ganze Welt behauptet wird, die der neue Stil den Künsten erschlossen hat.

Am Wechsel vom Golden zum Silver Age der Superhelden-comics sieht man das musterhaft deutlich: Die Superhelden waren das neue Genre, das es zunächst nur in Comics gab, anders als etwa Horror, Detektivgeschichte, Liebeserzählung und dergleichen. Die Ausdifferenzierung dieses Genres als Absetzungsbewegung von anderen wie als Synthese von Motiven der Science-Fantasy mit mythischen Tiefenerinnerungen geschah im Golden Age. Das anschließende Silver Age nun griff die Dominanz der Prototypen dieses neuen Genres, Superman und Batman, World's Finest, nicht nur mittels interner Relativierungen oder Spielereien an (»Imaginary stories« und andere Mort-Weisinger-Einfälle), sondern erlebte auch den diese Überarbeitungsansätze flankierenden Aufstieg eines neuen, vom »reinen« Superhelden-Duktus verschiedenen Modells, das zahlreiche Superheldinnen und Superhelden untereinander in vielfältige, teils familiäre, teils berufskonkurrenz-gesteuerte, teils politische Beziehungen treten ließ. Und es halste ihnen Probleme auf, an deren Vorhandensein wir einen Kosmos, eben eine »ganze Welt« im oben gemeinten Sinn erkennen können, weil solche Probleme auch zu unserem wirklichen Kosmos, unserer alltäglich erlebten Welt gehören: Zukunftssorgen, Pubertätsleiden, Altersgebrechen, Geldnöte, Alkoholismus und sonstige Drogensucht, Familienstreit, Parteienzwist.

Entworfen und im Genre etabliert wurden diese Neuerungen im Wesentlichen von drei Männern: dem Autor Stan Lee sowie den Zeichnern Jack Kirby und Steve Ditko, die beim Verlag Marvel Comics arbeiteten und mit Titeln wie *The Fantastic Four* (*Die Fantastischen Vier*, von Lee und Kirby, ab November 1961), *The Amazing Spider-Man* (von Lee und Ditko, nach einem ersten Auftreten der Figur in der 15. und letzten

Jack Kirby (1917–1994) und Joe Simon (1913–2011) bei der Arbeit
an *Captain America.*

Ausgabe der Heftreihe *Amazing Fantasy*, im August 1962, als eigene Serie ab März 1963) und bald zahlreichen anderen einen hypertextuellen Raum für die Anreicherungen des Genres mit realistischen und naturalistischen Würzbeigaben schufen, die das Silver Age kennzeichnen.

Nicht zu Unrecht ist behauptet worden, das Silver Age sei im Kern identisch mit dem »Marvel Age«, das Lee, ein PR-Genie von hohen Graden, mit unerschöpflicher Energie und erstaunlichem Einfallsreichtum durchsetzte.

So groß war und ist der Erfolg, dass etwa in Frankfurt am Main eine SATURN-Filiale zu finden ist, die in ihrer DVD-Abteilung sämtliche Verfilmungen von Superheldencomics, also auch die Kino-Abenteuer von DC-Helden wie Superman und Batman, in einem Regalfach namens »Marvel« unterbringt – ein Sakrileg für DC-Fans, aber ein schöner Erfolg für Lee, der mit seinen ästhetischen Strategien und einer starken Einbindung der Leserschaft ins Produktdesign und die Produktionsvoraussetzungen (wer schreibt, wer zeichnet, wen mögt ihr?) seines »House of Ideas« das Wort »Marvel« für viele als Synonym für Superheldencomics schlechthin etablieren konnte. An die Firma »Timely Comics«, die eine der großen Institutionen des Golden Age gewesen war und sich unter Lees Regie dann zu Marvel mauserte, erinnern sich dagegen nur noch Spezialisten.

Lee machte sich sogar Gedanken über den Ort des Superheldenwesens im Kunstganzen und nannte seine Hefte Mitte der 1960er Jahre eine Weile lang deshalb nicht mehr Comics, sondern »Marvel Pop Art Productions«. Der multimediale Anspruch, der damit erhoben wurde, hat sich mittlerweile bestätigt: Das mächtigste Kind der Leeschen Schöpfung, sein reicher Enkel sozusagen, das die Filmwirtschaft »Marvel Cinematic Universe« (oder »MCU«) nennt, ist der Heftchenheimat entwachsen und generiert Umsätze, mit denen man die Riesenkulissen, die seinerzeit Jack Kirbys Panoramabilder zu sprengen drohten, als tatsächliche Städte errichten könnte.

Mit dieser Verwandlung einer Nischen- und Jugendobsession in ein Riesengeschäft ist meine kursorische Ursprungsgeschichte des Genres abgeschlossen; im Folgenden soll es an ausgewählten Einzelbeispielen um die Figuren und Konstellationen gehen, die dieses Genre nach wie vor beherrschen.

Zweiter Teil: Wer sie sind und was sie können

Innere Aufrüstung zum Anfassen: Iron Man

Tony Stark kennt Minderwertigkeitsgefühle nur vom Hörensagen. Der Milliardär, Playboy, Ingenieur, Waffenfabrikant und Menschenrechtsaktivist (doch, das geht alles zusammen, wir sind hier bei Marvel!) trägt für die meisten seiner Fans inzwischen das Gesicht des charmanten Schauspielers Robert Downey Jr., der den Kriegerstolz der Figur am Ende des Films *Iron Man 3* (2013) in einer emblematischen Szene zusammengefasst hat: Stark stellt sich zwischen die Trümmer seiner von Superschurken zu Geröll reduzierten Villa auf einer Klippe überm Ozean, wirft ein medizinisches Bauteil seiner Hi-Tech-Rüstung, das ihn bis vor kurzem vor dem sicheren Tod bewahrt hat, mit schwungvoller Armbewegung ins Meer, findet daraufhin im Schutt ein anderes Teil, nimmt es an sich, steigt in sein teures rotes Auto und erklärt

*

»Meine Rüstung war nie eine Zerstreuung oder ein Hobby, sondern ein Kokon, und jetzt bin ich ein neuer Mensch. Man kann mir das Haus wegnehmen, alle Tricks, alles Spielsachen, aber eins bleibt: ich bin Iron Man.«

als innere Stimme aus dem Off: »My armor was never a distraction or a hobby, it was a cocoon, and now I'm a changed man. You can take away my house, all my tricks and toys, but one thing you can't take away. I am Iron Man«*: Das damit ausgesprochene Vertrauen auf die eigene Kraft und die berühmten »inneren Werte« hat sich der Eiserne hart erkämpfen müssen.

Im ersten Kapitel seines Kino-Bildungsromans, *Iron Man* (2008), geht er in Afghanistan nach der Präsentation eines Waffensystems, mit dem sein Unternehmen dem Militär der Vereinigten Staaten bei George W. Bushs »War on Terror« unter die Arme greifen will, einem Warlord in die Falle, der ihn als Waffentechniker zu versklaven sucht. Starks Herz ist von Schrapnellsplittern bedroht, die sich immer tiefer in sein Fleisch graben und auf sein Herz zubewegen. So baut er mit Unterstützung eines einheimischen Mitgefangenen und Ingenieurskollegen eine Vorrichtung, die seinen Herzmuskel vor den Splittern schützt und zugleich als Energiequelle für die eiserne Rüstung dient, die ihm schließlich erlaubt, zu fliehen. Zurück in Amerika, muss er die Intrige eines Managers abwehren, der das Familienunternehmen »Stark Industries« übernehmen will. Beim Sieg des Guten über das Böse, den er erzwingt, gelangt Stark zu der Einsicht, dass er sein bisheriges Leben, wenn es so weitergeht, als verantwortungsloser Hedonist beenden muss. Aus dem großen Kind, das mit Massenvernichtungswaffen spielt, ist der Beschützer der Unschuldigen in einer roten und goldenen Rüstung geworden, die er von da an in regelmäßigen Abständen neu konfiguriert.

In *Iron Man 2* (2010) wird der frisch vom Band gelaufene Held mit dem seltenen Phänomen der Urheberrechtsselbstjustiz konfrontiert: Ein Russe, der sich von der Familie Stark um

Patente und anderes geistiges Eigentum seines Vaters betrogen fühlt, drängt den Konzern und seinen Chef mit Anschlägen in die Defensive, aus der Iron Man sich brachial befreit. Die nächste Anfechtung und Prüfung ereilt ihn zwei Jahre später in *Marvel's The Avengers* (2012): Diesmal muss er lernen, sich der Befehlsgewalt des menschgewordenen Verfassungspatriotismus unterzuordnen. Der heißt Captain America und bringt dem Eisernen außer Teamarbeit auch noch bei, wie man der Sterblichkeit ins Auge sieht. Die Nahtoderfahrung, die Stark hier überleben muss, erschüttert den Mono- und Egomanen bis ins Mark und bereitet ihn für den dritten Iron-Man-Film vor, der von seiner härtesten Prüfung erzählt: Das Böse von außen, das er sowohl in seiner naiven Zeit als tatkräftiger Helfer amerikanischer Weltordnungswaffengänge wie als Einzel- und Teamkämpfer für eine universellere Sorte Gerechtigkeit bekämpft hat, entpuppt sich diesmal als Schimäre, nämlich als bloße Verkleidung eines hausgemachten Übels, für das Stark selbst verantwortlich ist.

Erzählt wird damit eine Tragödie nach klassischem, altgriechischem Vorbild, deren oberste Gattungsbedingung das »schuldlose Schuldigwerden« der Hauptfigur ist – Tony Stark kann nichts dafür, dass er von seinem Vater die Schnöselei geerbt hat, die in diesem Film Ursprung der Katastrophe ist. Dass schon Stark Senior ein arroganter Hund war, weiß das Kinopublikum seit *Captain America: The First Avenger* (2011), wo jener sich im Zusammenhang des retrospektiven Filmdenkmals fürs Golden Age, das der Film im MCU installiert, nicht gerade von seiner besten Seite zeigt.

Sein Sohn nun lernt, wie auf Seite 54 zitiert, in *Iron Man 3*, das narzisstische Erbe anzunehmen und zur Charakterstärke zu läutern – die Verantwortlichen bei Marvel Studios, zu denen ein Beirat gehört, in dem auch Comicprofis sitzen, wissen genau, was sie da tun: Das eigene Persönlichkeitsprofil anzunehmen, um es zu veredeln, ist für Tony ein im Comic längst erforschter Zwischenschritt bei der ständigen Arbeit nicht nur an seiner Rüstung, sondern eben auch an dem, der darin steckt.

Im Spannungsfeld zwischen den beiden Polen Batman und Superman, also Self-Made-Hero versus Götterkind, gehört Iron Man klar in die Nähe des Dunklen Ritters, nicht in die des Auserwählten. Der Techniker modernisiert den erzamerikanischen WASP-Pioniergeist (WASP: White Anglo-Saxon Protestants – die weiße Oberschicht) auf eine Art, die man, weil sie Flexibiliät mit darwinistischem Durchsetzungsvermögen verheiratet, »neoliberal« nennen und als neueste Variante des von Wilhelm Reich als Muskel-Dauerverspannung identifizierten autoritären »Körperpanzers« betrachten mag.

Andererseits verfehlt eine Deutung, die diese Figur (oder ihren Prototypen Batman) schlechtweg »rechts« einordnet, die Struppigkeit ihres Stammbaums: Das dicke Fell dieses Typus stammt nicht vom Drachentöter Siegfried, sondern eher vom schwarzen amerikanischen Folk-Helden und Maschinenbezwinger John Henry, der weder Adliger noch Unternehmer war, sondern ein »Held der Arbeit«.

Überhaupt bildet das politische Spektrum der Superheldinnen und Superhelden dasjenige der amerikanischen Gegenwartsgesellschaft einigermaßen urbildtreu ab, ist also nicht einfach »rechtslastig« – es gibt in den Comics »liberals« (nach deutscher Sprachgewohnheit: »Linke«), »moderates« (wir würden sagen: »Gemäßigte«, die wir der »Mitte« zuordnen) und »conservatives« (also »Konservative« bis »Rechte«). Inzwischen wird gelegentlich gar ausdrücklich verraten, welche Figuren sich selbst genau wo einsortieren (vermutlich für immer unbekannt bleiben nur die entsprechenden Vorlieben von Superman, denn der muss über den Dingen stehen).

Während der Monate September und Oktober des Jahres 2008 erschien bei DC eine Vier-Hefte-Miniserie über das, was in Amerika »political process« heißt: Parlamentsarbeit, Wahlen, Entstehung von Gesetzen. Hier erfuhr man unter anderem, dass Supermans Liebste Lois Lane zu den Konservativen hält, während Green Arrow einen weit links stehenden Präsidentschaftskandidaten unterstützt. Letzteres hat angesichts der Tatsache, dass dieser Held schon auf dem Höhepunkt des Silver Age seinem damaligen Teamgefährten Green Lantern agitatorische Vorträge über Mieterschutz und Minderheitenprobleme hielt, durchaus seine Folgerichtigkeit; zu dieser Zeit waren freilich die meisten Superheldinnen und Superhelden, wenn sie nicht einfach irgendeiner vagen Vorstellung von Recht und Gesetz folgten, nur dann als Rebellinnen und Rebellen darstellbar, wenn die dahinterstehende Programmatik den alten Wildwest-Aufsässigenkonsens des Individualismus-Anarchismus nicht verletzte.

Das galt auch für Iron Man – wobei ein anarchistischer Rüstungs- und Technologiekonzernchef natürlich eine besonders pikante Figur abgibt.

Wer mit Tony Starks Comicleben vertraut ist, wird bei der oben gegebenen Aufzählung dessen, was seinem Ebenbild im MCU passiert, womöglich gestaunt haben, wie viele Veränderungen der Quellentextmotive und -konstellationen man einerseits im Sinne von Updates und Anpassungen ans spezifisch Filmische vorgenommen hat, wie viel vom Sinn und der Atmosphäre jener Quellen sich aber andererseits gerade durch diese Veränderungen ins neue Medium hinüberretten ließen.

Iron Mans Comicgeschichte beginnt in der neununddreißigsten Ausgabe des Magazins *Tales of Suspense* vom März 1963. Auch dort liest man vom Helden als Kriegsgefangenem, die Sache trägt sich jedoch nicht in Afghanistan, sondern zeitgemäßerweise in Vietnam zu, und der Feind, der Tony Stark einsperrt, ist kein islamistischer Warlord, sondern ein asiatisch-kommunistischer Menschenschinder namens Wong-Chu. Der Mitgefangene, der ihm hilft, ist ein Ortsansässiger namens Professor Ho Yinsen, und die schwerfällige Rüstung »Iron Man 1.0« wird, anders als im Kino, nicht sofort nach ihrem ersten Einsatz verschrottet, um einer cooleren Platz zu machen, sondern lediglich beim zweiten Abenteuer im April 1963 von ihrem ursprünglichen, deprimierend metallisch-grauen Erscheinungsbild befreit – Tony lackiert seinen Panzer golden, denn: »I must re-design my costume! It's supposed to frighten foes – not friends.«*

*

> »Ich muss meine Verkleidung neu entwerfen! Sie soll Feinde erschrecken, nicht Freunde.«

Das ständige Re-Design der Rüstung ist von da an sein Hauptlebensinhalt – abgesehen vom Kampf gegen das Böse, zu dem er im September des Debütjahrs als Mitbegründer der Avengers auch einen ersten überindividuell-organisatorischen Beitrag leistet. Dieses Team ist die bekannteste, wenn auch vielleicht nicht die bedeutendste Zusammenrottung von Heldinnen und Helden im Marvel Universe und entspricht damit der Justice League von DC sowie vielen ähnlichen Gruppen; von ihnen wird noch zu reden sein.

Nicht nur die Rüstung allerdings bedarf der ständigen Erneuerung. Auch die Moral der Ein-Mann-Armee, zu der Tony Stark allmählich wird, ihre Entschlossenheit, ihr Wille, heute ein besserer Mann zu sein als gestern und morgen ein besserer als heute, muss sich in den Abenteuern, die auf die Ursprungsgeschichte folgen, gegen Erosions-, Implosions-, Explosions- und Entropie-Gefahren behaupten, wofür im Comic metaphorisch allerlei Herz- und Nervenkrankheiten stehen, ferner ein in den drei Iron-Man-Filmen bloß angedeuteter Kampf mit dem Alkohol, dem »Demon in A Bottle!«, wie eine Iron-Man-Titelseite im November 1979 schreit, als das Heft bereits seine Ausgabe 128 erreicht hat.

Vor diesem Ausrufezeichen hat Tony bereits wichtige Kampfeinsätze volltrunken verpasst, außerdem eine mehrere Ausgaben während Sauftour nur knapp überlebt. Danach nimmt er einen Entzug auf sich und bleibt neununddreißig Ausgaben lang trocken, eine Zeit, die er abermals zum Komplett-Reboot seiner Rüstung nutzt (und dabei unter anderem eine weltraumgeeignete Version zusammenbaut).

Was dem Publikum mit alledem vermittelt werden soll, ist leicht zu verstehen: Der Maßlosigkeit der Gaben, die ein herausragender Mensch verwalten muss, entspricht die Maßlosigkeit seiner Bedürfnisse sowohl nach Liebe, die er bei zahlreichen Frauen sucht, wie nach dem Vergessen seiner Bürden, das er in der Flasche zu finden hofft. Wer derart unter Druck steht, muss sich zusammenreißen (wofür wiederum die Rüstung steht). Die psychische Grundkonstitution macht Tony Stark zum organischen Widerpart eines anderen Marvel-Helden: Captain America, Steve Rogers, hat just das gegenteilige Problem. Er muss sich nicht sonderlich zusammenreißen, um bei seiner gerechten Sache zu bleiben, kommt aber dafür als Mensch nur schwer aus sich heraus. Zäh und unbeweglich hält er an Moralvorstellungen, »Idealen und sonstigem Mottenfraß« (Karl Kraus) fest, die ihren Ursprung im

Zweiten Weltkrieg (lies: im Golden Age der Superhelden-comics) haben.

Der langlebige und grundsätzliche Konflikt zwischen »Cap« und dem Eisernen, der mit *Avengers: Age of Ultron* (2015) deutlich genug auch im Kino angekommen ist, verweist auf eine weitere Grundpolarität am Batman-Ende des Superhelden-spektrums: Leute, die mehr sind als Menschen, müssen gerade dann, wenn sie (anders als Superman) einmal als Menschen angefangen haben, ihr Verhältnis zur menschlichen Gesellschaft fortwährend neu bestimmen, weil sie in permanenter Gefahr schweben, entweder jedes Maß zu verlieren oder umgekehrt ihr je eigenes Maß (des Rechts, der Ehre und so fort) fürs Alleinverbindliche zu halten, ein Maß, von dem sie auch dann nicht abgehen können, wenn eine Situation nach Verhandlung, Kompromissen und Ähnlichem verlangt.

Superheldinnen und Superhelden stecken also ihr Leben lang in einer Lage, die gerade dem pubertierenden Teil der Leserschaft nur allzu vertraut vorkommen muss: teils wunsch-, trieb- und dickschädelgesteuert, teils innerlich gehemmt, nie hinreichend in Gemeinschaften integriert, um nicht permanent fürchten zu müssen, wieder herauszufallen – ein Dilemma, das im Comic für Iron Man und Captain America im Januar 2007 schließlich als »Civil War« zwischen zwei verschiedenen Lagern der Marvel-Superhelden-Community ausbricht: einerseits den Regierungstreuen, die Anschluss an eine amerikanische Administration suchen, welche nach dem Vorbild des Kabinetts von George W. Bush modelliert ist und ihre Sicherheitsaufgaben durch Einschränkungen von Bürgerrechten erfüllen will (diese Fraktion wird überraschenderweise infolge einiger origineller, aber stimmiger Handlungsvolten vom sonst so unberechenbaren Tony Stark angeführt, der in seinem typischen Größenwahn glaubt, damit für sämtliche Heldinnen und Helden zu sprechen), und andererseits den Aufrührern, die im Sinne der bei Jugendlichen so häufigen Verwendung elterlicher Gebote als Argumente gegen die Eltern selbst statt aufs aktuelle Regime lieber auf die Grundsätze der Verfassung schwören (deren Rädelsführer ist natürlich Steve Rogers). Tony Starks Rüstung zeigt in dieser Geschichte eine ihrer empfindlichsten Sollbruchstellen und gibt den Blick auf einen alles andere als trivialen Tatbestand der menschlichen Trotzökonomie frei: Wer unbeherrscht ist, wird leicht herrschsüchtig. Dass der Übermensch darunter selbst auch leidet, verschweigt die Comic-Erzählung keineswegs – und weckt damit, wie zuvor schon die Alkoholexzesse, die Herz- und Nervenleiden des Eisernen, bei seinem Publikum etwas, das Nietzsche dem Übermenschen persönlich ausdrücklich verboten hat: Mitleid.

Dass es überhaupt möglich ist, dieses Gefühl für jemanden zu empfinden, der nicht klein, hilflos, schwach oder arm ist, sondern groß, stark, reich, aber beschädigt, fügt sich nahtlos ins Superhelden-Konzept insgesamt: Die Superheldin und der Superheld haben gleichsam »mehr Schicksal« als gewöhnliche Menschen oder Helden, sie sind in größerem Ausmaß Individuen als du und ich. Das kommt bereits in ihren auffälligen Kostümen zum Ausdruck, die gleichzeitig Zeichen auftrumpfenden Geltungswillens und Mittel der Selbstverbergung sind – ein Symptom des Widerspruchs zwischen dem übersteigerten Besonderen einerseits und dem symbolhaft Allgemeinen andererseits (dem ich im nächsten Porträt nachgehen will).

Ein Kontrastbild ist nötig: Nach dem Batman-Modell der Selbstermächtigung geht es jetzt ums Superman-Modell des Auserwähltseins, nach dem starken Mann um die starke Frau, nach dem Marvel-Universe jetzt um den DC-Kosmos.

Der »Civil War«, der bei Marvel 2006 tobte und 2016 auch ins Kino fand, ist nur einer von zahlreichen Bürger- und sonstigen Superheldenkriegen, die in den großen und kleinen Comic-Verlagen seit Jahrzehnten stattfinden.

Die beiden berühmtesten, Marvels »Secret Wars« von 1984 (2015 bombastisch wiederholt) und DCs zwischen 1985 und 1986 direkt als Antwort darauf organisierte *Crisis on Infinite Earths* (*Krise der Parallelerden*), waren vor allem Marketing-schlachten. Seit Stan Lees Einfall, die verschiedenen Superheldentitel seines Hauses in ein gemeinsames Universum einzugliedern, mussten die verantwortlichen Redaktionen sich immer wieder Locktechniken ausdenken, mit denen man die Fans zum Kaufen und Lesen möglichst vieler verschiedener Serien verführen konnte. Da ein Krieg, vor allem aber: eine Generalmobilmachung, alle an die Front schickt, die überhaupt kämpfen können, ist er das ideale Instrument, grundverschiedene Figuren und Teams in ein und dieselbe Geschichte zu zerren, deren Gesamtverlauf nur überblicken kann, wer über den Frontverlauf aller Einzelschlachtfelder unterrichtet ist.

Was den Kreativen in diesem Zusammenhang eingefallen und unterlaufen ist, lässt sich auf dem engen Raum, der hier zur Verfügung steht, nicht ausbreiten; gesagt sein soll aber, dass der Zugriff auf den Krieg und das Kriegerische als Prüfung für Superheldinnen und Superhelden sich wie die ganze amerikanische populäre Erzählkunst nach dem 11. September 2001 tiefgreifend veränderte.

Dass ein Krieg etwas ist, das auf dem eigenen Territorium, »in our cities«, »on our soil«, im »Homeland« stattfinden kann, war der Nation, die das Superheldenphänomen hervorgebracht hat, zuvor nur vom antikolonialen Kampf gegen die englische Vorherrschaft, von ein paar Grenzscharmützeln und vom Bürgerkrieg zwischen ihren Nord- und Südstaaten her bekannt und seither ein eher hypothetisches Szenario. Der »Civil War« bei Marvel begann im Sommer 2006 und kam etwa ein Jahr später zu, wie man bei Wahlen sagen würde, vorläufigen Endergebnissen (ziemlich verheerenden übrigens).

Im März 2007 nun erschien bei DC die erste Ausgabe von *Amazons Attack!*, einer auf sechs Hefte limitierten Miniserie, deren Kernhandlung, wie bei solchen Ereignissen üblich, auf eine Reihe anderer Titel des Verlags übergriff, dann Wellen warf, die den DC-Kosmos insgesamt überspülten, und

noch eine ganze Weile danach ernste Folgen zeitigte, insbesondere für die berühmteste Superheldin überhaupt (und zeitweilige Geliebte sowohl Supermans wie Batmans), Prinzessin Diana von Themyscira, alias Diana Prince, zur Zeit von *Amazons Attack!* Agentin der amerikanischen Behörde für »Metahuman Affairs«, ansonsten bekannt als »Wonder Woman«.

Das Heer, das die Vereinigten Staaten in *Amazons Attack!* überrennt, dabei dem Lincoln-Denkmal in Washington den Kopf abschlägt, andere Monumente dort dem Erdboden gleichmacht und überdies verantwortlich ist für Guerilla-Aktionen inländischer Alliierter, die unter anderem die Getreidefelder von Kansas anzünden, ist die Streitmacht der Nation, aus der Wonder Woman stammt. Diese Amazonen sind ein nur aus Frauen bestehendes Volk, und ihre militärische Befehlshaberin, der in der Serie gelingt, was weder Hitler noch dem Ostblock noch irgendeiner anderen Feindmacht in der Geschichte der Vereinigten Staaten je gelungen ist, nämlich ihre Verwaltungszentren zu besetzen, den Präsidenten in die Flucht zu schlagen und ihre heiligsten Symbole in den Staub zu treten, ist Wonder Womans Mutter, Königin Hippolyta von Themyscira. Zuvor war diese Frau bei DC, wie ihr gesamtes Volk, immer nur als – wenn auch entschieden wehrhafte – Friedensstifterin in Erscheinung getreten. Die Frage, die Fans bei der Lektüre von *Amazons Attack!* stellen sollten, war also die fiktionsabhängige kleine Schwester einer gleichlautenden, die sich die Vereinigten Staaten insgesamt sechs Jahre zuvor hatten stellen müssen: Wie konnte es so weit kommen?

Der Weg, den Wonder Woman hatte zurücklegen müssen, bis sie sich herausgefordert sah, entweder gegen ihre Mutter in den Krieg zu ziehen oder das Land zu verraten, das ihre zweite

Heimat ist, war noch weiter als der, der den zerrissenen Charakter Tony Stark vom Vietnamkrieg bis zu Marvels »Civil War« geführt hat.

Wonder Woman entstammt dem Golden Age, genauer: den frühen Vierzigern. Bei ihrer Erschaffung spielten, anders als bei den meisten der bekannten Genrefiguren, nicht nur kommerzielle Absichten eine Rolle, sondern auch das, was ich auf Seite 35 »Kunstzwecke« genannt habe: Dem Psychologen William Moulton Marston, der Wonder Woman erfand, war nämlich aufgefallen, dass nicht nur im Krieg, sondern auch in der ökonomischen Konkurrenzwirklichkeit von Doppelverdienerhaushalten unter Bedingungen des modernen, hocharbeitsteiligen und hochtechnisierten Industriekapitalismus die traditionellen Geschlechterrollen und insbesondere die zumindest oberhalb der Armutsgrenze lange unangefochtene Alleinzuständigkeit der Männer für die Erwerbsarbeit und die der Frauen für die Reproduktionsarbeit in Auflösung begriffen waren. Man musste, dachte Marston, in dieser Situation den Mädchen etwas an die Hand geben, das ihnen die Konstruktion eines aktiven, offensiv die Arbeitswelt und die Öffentlichkeit erobernden Selbstbilds erleichterte, ähnlich, wie das bei den Jungs die Helden und Superhelden leisteten.

Mister Marston war ein aufgeklärter Technokrat. Darunter versteht heute kaum jemand etwas Positives, geschweige Emanzipatorisches. Seinerzeit jedoch gab es unter fortschrittlichen Intellektuellen zahlreiche Köpfe, die sich um die Ausarbeitung einer Art Sozialingenieurswissenschaft bemühten, deren Grundlage die Überzeugung sein sollte, dass sich das Menschenleben vermittels verbesserter Einsichten in unsere Beweggründe für soziales Handeln verbessern und eine Reihe von unnötigen Leidensquellen auf diesem Wege verstopfen lassen müssten. Auch an der Entwicklung eines Lügendetektors hat sich der bemerkenswerte, streng wahrheitsliebende Mann beteiligt, dessen bedeutendste Idee in der Nummer Acht von *All Star Comics* im Dezember 1941 dem Comic-Publikum vorgestellt wurde.

Einen Monat später gelangte Wonder Woman bereits zu Coverwürden auf der Erstausgabe von *Sensation Comics*. Ihr danach Heft um Heft entfalteter Lebenslauf ist wie bei allen ihren Standesgenossinnen und -genossen ausnehmend kompliziert und von allerlei Retcon-Korrekturen durchlöchert. Die Ursprungserzählung, die während des Golden Age für sie galt, lässt sich aber doch so nacherzählen, dass dabei die meisten Motive versammelt werden, die so oder ähnlich auch in späteren Rückblenden, Prequels *ex eventu* und anderweitig nachgereichten Vorgeschichten erhalten blieben: Wonder Womans Mutter ist Hippolyta, Herrscherin eines Ortes namens »Paradise Island«, auch (nach Herodot) »Themyscira« genannt. Dort leben die Amazonen, ein kriegerisches Volk von Frauen, ganz wie in der altgriechischen Überlieferung, aus der sich der humanistisch-klassisch gebildete Marston auch sonst freizügig bediente.

Hippolyta steht im Comic unter anderem dem lokalen Tempel der Aphrodite vor, als »Hüterin des Gesetzes« dieser Liebesgöttin, die ihr einen magischen Gürtel geschenkt hat, der sie unbesiegbar macht, solange Hippolyta ihn trägt. Außer zu Aphrodite steht die Amazonenkönigin, die in frühen Heften brünett ist, in späteren blond und noch später schwarzhaarig, auch loyal zu Athene, der Göttin der Weisheit und des Krieges. So sind Marstons Amazonen, ganz nach der im angloamerikanischen Sprachraum sprichwörtlichen Losung »all's fair in love and war«, die auf den Dichter John Lyly zurückgeht, gleichzeitig sowohl Dienerinnen der Liebe als auch vollkommene Kriegerinnen.

Anders als bei Heinrich von Kleists Amazonen liegt der Schwerpunkt hier jedoch nicht auf dem Kriegshandwerk und der damit verbundenen unbezähmbaren Wildheit, sondern auf einer prinzipienfesten Ablehnung der »patriarchal world«, des Männergesetzes, dem die Amazonen eine im Innern friedfertige, gegen von außen befürchtete Verletzungen ihrer Werte aber stets verteidigungsbereite Utopie entgegensetzen: Aphrodite selbst, berichtet Marston, habe diese Frauen geschaffen, nämlich aus unbelebtem Material geformt und dann beseelt. Es ist indes Athene, die der Oberamazone Hippolyta beibringt, wie ihre Mitgöttin Aphrodite das genau bewerkstelligt hat. Das so unterrichtete Geschöpf wiederholt den Schöpfungsakt, modelliert eine kleine Statue, nennt sie Diana nach der Mondgöttin (und Herrin der Jagd) und haucht auch ihr Leben ein.

Dieses Kind ist Wonder Woman. Kaum erwachsen, wird sie bereits als Kundschafterin und Emissärin in die Männerwelt entsandt; gerade rechtzeitig, um den Amerikanern gegen die zu diesem Zeitpunkt virulentesten Störer des Friedens, die Achsenmächte, im Zweiten Weltkrieg tatkräftig beizustehen. Zwar sind auch diese Amerikaner Männer, aber doch wenigstens Erben des hellenisch-demokratischen Klassizismus – man braucht sich ja nur ihre Hauptstadt Washington und deren Monumente anzuschauen, schon sieht man, wo und wann das Athen des Perikles in der Neuzeit wiederauferstanden ist.

Gerade diese Stadt Washington aber muss 2007 beim Angriff der Amazonen auf das Land, in dem Wonder Woman ihren Wohnsitz genommen hat, die schwersten Schläge einstecken. Kriegsanlass ist – keine dumme Pointe – die Gefangennahme und Misshandlung der Heldin durch übereifrige Sicherheitsbeamte der Ära George W. Bush.

Die eben erst von den Toten auferweckte Königin Hippolyta (sie hatte sich für ihr Volk geopfert) wird unter Verweis auf diesen Anlass von der Zauberin Circe gegen die Menschenwelt, das heißt: die Männerwelt (auf Englisch bedeutet »man's world« beides), aufgehetzt. Die Hexe bastelt aus Lügen und Halbwahrheiten eine Anklage, die Hippolyta schließlich zu einem unilateralen Angriff im Namen der Rechte eigener Staatsangehöriger und des Weltfriedens verführt. Die Leserschaft darf und soll hierbei durchaus daran denken, dass solche Angriffe mit ähnlichen Begründungen im frühen 21. Jahrhundert auch von den Vereinigten Staaten auf eine Reihe von Ländern verübt wurden.

Und das ist, wie bereits angedeutet, nicht der einzige Anklang an Nachrichtenaktualitäten in *Amazons Attack!*: Wie die Taliban und der Islamische Staat nichtmuslimische Kultkunst und uralte Kulturdenkmäler schleifen, so zerstören auch Hippolytas Amazonen die Mahnmale des nordamerikanischen nationalen und imperialen Stolzes: Wer denn der Mann gewesen sei, dessen Statue nun keinen Kopf mehr habe, fragt eine der Soldatinnen vor dem geschändeten Lincoln-Denkmal, und ihre Kameradin sagt wegwerfend: »A Man. Just another Man. This city is full of them. Not for much longer.«

Die Verstöße gegen das Völkerrecht, derer sich die Amazonen bei ihrer Invasion schuldig machen, spiegeln sich im Bruch der eigenen Gesetze, einschließlich der Verfassung, durch die aufgebrachten Amerikaner – rasch werden Brandanschläge auf Frauenhäuser verübt, weil radikale Heimwehrverrückte darin Stützpunkte des Feindes sehen, und der Präsident ruft nicht nur das Kriegsrecht aus, sondern lässt auch feministische Aktivistinnen internieren, wie das im Zweiten Weltkrieg mit japanischen Staatsbürgern oder von solchen abstammenden Einwohnern der Vereinigten Staaten auf deren Hoheitsgebiet geschah.

Amazons Attack!, verfasst von Will Pfeifer und gezeichnet von Pete Woods, leistet damit eine erstaunlich vielschichtige Analyse des komplexen Ineinanderwirkens global- und binnenpolitischer Sorgen einer Supermacht, in der zahlreiche satirische Schlaglichter auf die Wirklichkeit der Entstehungszeit dieser Serie fallen (so heißt etwa der größte Kabel-Nachrichtensender des angegriffenen Landes, dessen Berichterstattung über die laufenden kriegerischen Auseinandersetzungen immer wieder in die Comics eingeblendet wird und von Anfang an zwischen Nachrichtlichem und Kriegshetze schillert, »LEX-NEWS«, weil er Lex Luthor, dem verrückten Wissenschaftler, Finanzgenie und Erzfeind von Superman gehört, der neben vielem anderen auch Medienmogul ist. Der Name ist natürlich ein Seitenhieb gegen den erzkonservativen, in älteren und weißen Zuschauersegmenten marktführenden Kabelsender »FOX NEWS«, gegründet vom Medienunternehmer Rupert Murdoch und geformt von seinem stramm rechten Erfüllungsgehilfen Roger Ailes).

Dass das Superheldengenre sich für Zeitkritisches eignet, ist hier die eine Seite – die andere aber führt genre-immanent von der oben an Iron Man entwickelten Metapher ständiger Bewährungsproben des Individuums auf dem Weg vom Guten zum Besseren auf die nächsthöhere Ebene des Streits darüber, welches Gute jeweils überhaupt gegen welches Bessere steht, kurz: Wie man sich zwischen Idealen entscheidet, die miteinander ebenso leicht in Streit geraten können wie Iron

Man, der eben nie ideale konkrete Einzelne, mit den Idealen insgesamt.

Aphrodite oder Athene, Amazonenerbe oder amerikanische Verfassung, Partikularismus der halb göttlichen eigenen Herkunft oder heroischer Universalismus? Hier werden Güter abgewogen, die ein gewöhnlicher Menschenkörper nicht nur nicht abwägen, sondern sozusagen nicht einmal hochheben könnte, so schwer wiegen sie. Der Witz an der Superheldin und am Superhelden ist, dass sie oder er diese Güter nicht nur hoch- und festhalten soll, sondern oft sogar mit ihnen jonglieren muss (Superman zum Beispiel soll den Schwachen helfen, darf aber niemals töten – was, wenn man den Schwachen nur mit Mord und Totschlag helfen kann?).

Der zentrale Dialog zu diesem Problem in *Amazons Attack!* findet zwischen Wonder Woman und Batman statt. Der Dunkle Ritter will wissen, ob die Amazone zu ihrer Mutter halten oder ihre Zweitheimat verteidigen wird: »There's something we both know we need to discuss.« Diana erwidert ironisch: »It's nice to see you, too, Bruce. Is this the part where you

*

Batman: »Es gibt etwas, worüber wir beide reden müssen.«
Diana: »Ich freue mich auch, dich zu sehen, Bruce. Ist das der Moment, an dem du meine Loyalität zu Amerika in Frage stellst und dabei so tust, als wärst du ganz sachlich?«
Batman: »Ja.«
Diana: »Du weißt, dass du das nicht nötig hast.«
Batman: »Das beantwortet meine Frage nicht, Diana. Wo stehst du?«
Diana: »Wo ich immer gestanden bin. Auf der Seite der Gerechtigkeit.«

question my loyalty to America and claim you're just being pragmatic?«. Batman hält von Ironie, einer griechisch-klassischen Erfindung, überhaupt nichts: »Yes.« Diana seufzt: »You know you don't have to go there.« Batman lässt nicht locker: »That doesn't answer the question, Diana. Where do you stand?« Sie sagt: »Where I have always stood. On the side of Justice.«*

So spricht eine Superheldin.

Der sterbliche Beistand:
Mit wem Übermenschen befreundet sind

In einer klugen Kritik zu Zack Snyders Film *Batman v Superman: Dawn of Justice* hat der Rezensent Fritz Göttler im März 2016 den Gedanken notiert, dass man inzwischen auf Leinwänden so viel über Heldinnen und Helden erfahren hat, die unsereinem weit überlegen sind, dass es an der Zeit wäre, einmal ihr Verhältnis zu uns und unseres zu ihnen abzubilden, als ein Bild großer Taten, bei denen Unschuldige, die nicht auf der Höhe der Gewaltigen handeln, naturgemäß viel zu leiden haben: »Ein Superheldenfilm ganz aus der Kollateralperspektive, was für ein unvorstellbar aufregendes Stück Kino wäre das.« In den auf Papier gedruckten Vorlagen für solche Filme ist derlei ja schon versucht worden, etwa in der Miniserie *Marvels* des Autors Kurt Busiek und des Künstlers (er zeichnet nicht, er malt, daher nicht: Zeichners) Alex Ross aus dem Jahr 1994.

Wären die Superheldinnen und Superhelden in den Comics und Filmen ganz unter sich, dann gingen sie uns kaum etwas an. Halb- und Ganzgottheiten sind ja selbst für Religionen, die doch mehr Scheu vor ihnen pflegen als die Kulturindustrie vor ihren ausgedachten Idolen, nur so weit interessant, wie sie sich ins Leben der Menschen einmischen können oder ihrerseits diese Menschen beachten müssen, etwa ihren Glauben, ihren Frevel oder ihren Gehorsam. Selbst Superman, der gottähnlichste unter den klassischen Superhelden, kennt nicht nur Frauen wie Lois Lane und Lana Lang, die er liebt (das kann man unter »Motivation« abheften – für irgendwen muss man schließlich kämpfen, wenn man's für sich selbst im Grunde nicht nötig hat), und nicht nur einen Chef, Perry White, für den er sich als Journalist Clark Kent krummlegen muss, weil zur Zeit von Supermans Erscheinen in unserem Kulturraum nur derjenige ein richtiger Mensch ist, der irgendeiner Arbeit nachgeht. Chefs und Liebste sind nicht genug; darüber hinaus hat Superman einen menschlichen Freund, nein, dieses deutsche Wort trifft es nicht ganz, einen »duften Kumpel«, so müsste man das Wort »Pal« übersetzen, wollte man der Rolle gerecht werden, die in der Superman-Klassik Clark Kents jüngerer Journalistenkollege Jimmy Olsen spielt. Es gab sogar eine eigene Heftserie namens *Superman's Pal Jimmy Olsen*, die immerhin zwanzig Jahre, von 1954 bis 1974, Bestand hatte. Dieser rothaarige Junge mit dem Sonnenscheingesicht voller Sommersprossen richtet den Helden auf, wenn der an sich zweifelt, er freut sich mit ihm, wenn er einen guten Tag hat (zum Beispiel, weil er Hochzeit mit Lois Lane feiert), und gibt ihm Gelegenheit, seine Übermenschenloyalität zu beweisen.

Denn Jimmy Olsen ist so neugierig, frech und unvorsichtig, dass er auf seiner Jagd nach aufregenden Storys für den *Daily Planet*, das Blatt, dem auch Clark Kent dient, immer wieder in lebensbedrohliche Klemmen gerät, aus denen der große Wahlbruder ihn dann raushauen darf. Weil das nicht die Ausnahme, sondern die Regel in Olsens ewig pubertärem Abenteurerleben ist, besitzt er eine Armbanduhr, die ein Notrufsignal in einer Frequenz aussenden kann, die nur Supermans Gehör wahrnimmt. Die Treue, die der Unverwundbare dem Sterblichen gegenüber immer wieder beweist, erwidert dieser mit seinen materiell schwächeren, symbolisch aber kaum zu überschätzenden Mitteln. Olsens Anhänglichkeit gilt dabei nicht einfach dem Starken und seiner Stärke, sonst wäre sie ja nur Gefolgschaftsdienst, sondern sie dient dem Guten und seiner Güte, weshalb er sie gerade dann zeigt, wenn Superman einmal strauchelt, geschwächt ist und einen physischen oder, wichtiger, moralischen Defekt selbst nicht ausgleichen kann. Der Extremfall dieser Loyalität ist daher eine Lage, in der Superman wider sich selbst treubrüchig wird, sozusagen sein Wesen verrät, während der Mensch diesen Verrat nicht begeht und gleichsam mit dem besseren, abstrakten, ideellen Superman gegen den schlechten, konkreten, realen Superman kämpft, wie das in Grant Morrisons *Mastermen* geschieht.

Jenes *Mastermen* ist eine Folge der Mini-Serie *The Multiversity*, in der Morrison zwischen August 2014 und April 2015 verschiedene Parallelwelten mit voneinander abweichenden historischen Verlaufsformen des Zusammenlebens von Superheldinnen und Superhelden erkundet hat. In *Mastermen* ist Superman als Baby nicht in Kansas, sondern im Sudetenland auf die Erde gefallen, wo ihn, da diese Gegend zum fraglichen Zeitpunkt gerade von den Nazis beherrscht wird, Hitlers Schergen finden und nach Berlin bringen. Der Führer lässt ihn zur lebenden Wunderwaffe erziehen, das Reich gewinnt den Krieg, und die eigentliche Handlung des Heftes spielt dann nach der Eroberung Amerikas durch Hitlers Militär und dem Tod des Diktators in einer Nachkriegszeit, die nach fast vollständiger Ausrottung unerwünschter Menschengruppen im gesamten

Reichsgebiet von den meisten Untertanen als wohlhabend, sicher und nahezu idyllisch erlebt wird. Nur Superman hat Gewissensbisse – und wird im Fernsehen dazu dann vom scheinbar angepassten Reporter Jürgen Olsen befragt, der in Wirklichkeit mit einer der letzten Widerstandszellen zusammenarbeitet, also genau für die Ideale eintritt, die Superman in der hier gezeigten Welt des Grauens nicht verteidigt hat. Damit ist Olsen ein Freund, der dort zum Feind seines Freundes werden muss, wo sein Freund unter sein ethisches Niveau herabgesunken ist. So einen Begleiter hat bekanntlich auch das polare Gegenüber Supermans im Heldenspektrum, der dunkle Ritter Batman, den Butler Alfred nämlich, und mehrere davon, unter anderem ein sterblicher Liebster, stehen Wonder Woman zur Seite.

Die ausführlichste Entfaltung der Metapher »ein Mensch kann das sterbliche Gewissen eines Übermenschen sein« aber liest man nicht bei DC, wo die genannten Beispiele sich tummeln, sondern bei Marvel, wo der Typus, um den es hier geht, Rick Jones heißt. Wer über diesen bemerkenswerten jungen Mann sagt, dass er mehrmals als hilfloses Objekt höherer Mächte in die persönliche Geschichte der Marvel-Übermenschen gezerrt wird, liegt genauso richtig und genauso falsch wie jemand, der behauptet, Rick Jones sei im Gegenteil jemand, der äußerst aktiv, ja forsch in Angelegenheiten eingreift, die ihm weit über den subjektiven Horizont gehen. Der Widerspruch, der so in Jones Gestalt annimmt, ist die Comic-Fassung der Einsicht von Marx, dass die Menschen ihre Geschichte zwar einerseits selbst machen, aber andererseits auch wieder nicht aus freien Stücken, nie ungezwungen oder voraussetzungslos. »Geschichte« heißt in dieser marxschen Formel natürlich nicht Biographie oder sonst eine Spielart des

»schlechten Besonderen« (Hegel), sondern emphatisch: Weltgeschichte, samt Fort- und Rückschritten. Diese Weltgeschichte ist bei Rick Jones und seinen individuellen Wechselwirkungen mit dem Marvel-Universum dann auf kosmische Maßstäbe hochgerechnet – im Lauf seiner Verstrickungen in die Abenteuer zahlreicher Heldinnen und Helden erlebt er unter anderem Zeitreisen, die Komplementärverschmelzung mit einer außerirdischen Persönlichkeit samt schmerzhafter Trennung von dieser, wird zum Ungeheuer und zum Weisheitslehrer, stürzt in die tiefsten Höllenabgründe und schwingt sich in die entferntesten Himmel empor.

Ausgangspunkt für all das ist die Begegnung mit dem Physiker Dr. Robert Bruce Banner im Mai 1962, geschildert in der ersten Ausgabe von *The Incredible Hulk*. Rick Jones ist zu diesem Zeitpunkt das, was man in Deutschland eine Weile lang einen »Halbstarken« genannt hat, nämlich ein Jugendlicher, der sich Autoritäten nicht fügen will, überdies Waise und Ausreißer, mithin ein Mensch, der mit den herrschenden Ordnungen von Erziehung, Unterdrückung, Ausbeutung, Anomie, Ausschluss und Eingesperrtwerden nur die schlechtesten Erfahrungen gemacht hat und deshalb gern das tut, was er gerade nicht tun soll. So schleicht er sich denn auf ein Bombentestgelände, wo ihn eine just in diesem Moment detonierende neue Superwaffe, die Gamma-Bombe, beinahe tötet. Der Physiker Dr. Banner aber schubst ihn in einen Schutzgraben, kriegt dabei allerdings selbst so viel von der mutagenen Strahlung ab, die der Sprengkörper freisetzt, dass er sich in ein tragisches Ungeheuer verwandelt, das von da an mit gewaltigen Kräften in einer Welt zurechtkommen muss, die es nicht versteht und von der es nicht verstanden wird – in den Hulk, der nach der immer wieder eintretenden Rückverwandlung zwar meist in

Banner schläft, der dessen Leben aber doch für immer verändert, überwiegend zum Schlechteren.

So unwillig nun Rick Jones ist, sich den Verhaltensvorschriften der Erwachsenen zu fügen, so wenig fehlt ihm andererseits ein persönlicher (und sehr eigensinniger) Begriff von Verantwortung – er weiß, dass er die Schuld trägt an dem, was Banner geschehen ist und was jenen zum unglücklichsten, nämlich ständig aus Angst vor seiner Kraft missverstandenen und sogar gejagten Superhelden des Marvel-Universums gemacht hat. Und weil Jones im Grunde seines Wesens jemand ist, der nach seinem eigenen Kodex strenger lebt als die Angepassten nach den Normen, versucht er, dieser Verantwortung gerecht zu werden, indem er zum Beispiel andere Jugendliche in Unternehmungen hineinzieht, die dem Hulk aus der Not helfen sollen: Eine von diesen Teenagermissionen, bei denen Jones ein kleines Team von »Ham-Radio-Enthusiasts«, also Funk-Amateuren (heute wären es Internet-Enthusiasten, Blogger, Geeks oder Nerds) für seine gute Sache einspannt, ist sogar indirekt verantwortlich dafür, dass das berühmteste Marvel-Heldenteam zusammenfindet (die Geschichte kann man im ersten *Avengers*-Heft nachlesen, erschienen im September 1963).

Auch ohne zehn Semester Hermeneutik und Querverweise von Pirandello bis in die sogenannte literarische Postmoderne versteht man leicht, dass in Figuren wie Jimmy Olsen und Rick Jones ein folgenschwerer metatextueller Trick ins Gewebe der Superheldenwelten hineingewoben wird: Als Platzhalter der meist männlichen, meist jugendlichen Leserschaft sind sie diejenigen, die dafür verantwortlich sind, dass es die Helden überhaupt gibt (denn ohne Publikum hätte sie sich niemand ausgedacht), und sollen daher auch dafür verantwortlich sein, dass ihnen nichts Verkehrtes geschieht, dass sie bei sich bleiben, ihrer Imago treu – was Olsen und Jones für Superman und den Hulk tun, leistet die Leserschaft durch Briefe und Kaufverhalten. Diese Leute sorgen dafür, dass die Wunderwesen auf Kurs bleiben, denn sie sind mehr als Publikum, sie sind an die Geschichten, die sie lieben, gebunden, ja gefesselt, in einer Art bewundernder, aber auch fordernder Freundschaft zwischen Anhänglichkeit und punktueller, aber durchaus reflektierter Identifikation, für die in der Popkultur das Wort »Fan« steht.

Die besten der Bösen: Superschurken

Der Film *The Fantastic Four* (*Die Fantastischen Vier*) von Josh Trank, der im Sommer 2015 weltweit in den Kinos anlief, ist wahrscheinlich nicht der schlechteste Superheldenfilm aller Zeiten (die Palme dafür gebührt wohl Roger Cormans nie offiziell gezeigter Hinrichtung desselben Stoffes aus dem Jahr 1994, eventuell auch dem 1984er Totalschaden *Supergirl* der Regisseurin Jeannot Szwarc).

Falsch gemacht hat Trank bei *Fantastic Four*, immerhin dem Kronjuwel aus Stan Lees und Jack Kirbys Silver-Age-Blütezeit, aber so ziemlich alles: Von der misslungenen, völlig beziehungslosen Montage unverstandener Fantasy-, SF- und Horrorelemente (nur letztere entwickeln bei ihm so etwas wie Charme, allerdings einen bei David Cronenberg gestohlenen) über eine Schauspielführung, die das Ensemble mit seinen Rollen völlig alleingelassen haben muss (Kate Mara scheint die Sätze, die sie als Sue Storm sagen soll, regelrecht zu hassen), bis hin zum lustlos aus filmapokalyptischen Standard-Computereffekten zusammengestoppelten Finale. Der glücklose Regisseur selbst hat sich unter Verweis auf angebliche Studiomachenschaften schon in der Startwoche vom Film distanziert. Als Anschauungsmaterial dafür, wie man den hier verhunzten Stoff und seine Verwandten auf keinen Fall behandeln darf, leistet er aber eben deshalb gute Dienste.

Tranks schlimmster Fehler ist sein Versagen am Superschurken. So einer darf nach den Gattungsregeln ja eigentlich ziemlich viel: ein Nazi ohne Reue sein (Red Skull), als Mischung aus Maoist und Sax Rohmers Fu Manchu orientalistische Grimassen schneiden (Iron Mans Erzfeind The Mandarin), als Clown Angst und Schrecken verbreiten (Batmans Joker), als halb blinder Höhlentroll durch die Dunkelheit schleichen (der Mole Man), als Miezekatze maunzen (Wonder Womans Cheetah), als übergeschnappter Quizmaster mit seinen Opfern Sudoku auf Leben und Tod spielen (der Riddler) oder je nach Lust und Laune aus der fünften Dimension heraus- und wieder hineinpurzeln (Supermans Mr. Mxyzptlk).

Eines jedoch darf jemand, der erzählen will, was solche Figuren anrichten und erleben, niemals tun: Ihnen Motive zurechnen, die sie kleiner machen, als sie sein müssen, um als Zerrspiegelbilder von Superheldinnen und Superhelden ihre Genrefunktionen zu erfüllen. Genau das aber mutet Josh Trank in *The Fantastic Four* einem der markantesten Superschurken des Marvel Universe zu, Dr. Victor von Doom. Die Comics stellen diesen Mann als amoralisch egomanes Monster mit Metallmaske, als großen Magus und zugleich erstklassigen Wissenschaftler dar, also eine Negativsynthese aus Horror-, Fantasy- und Science-Fiction-Attributen. Politisch ist Dr. Doom natürlich entschlossener Anti-Amerikaner, nämlich ein osteuropäischer Despot, der seinen transbalkanischen

Staat Latveria mit buchstäblich eiserner Faust regiert. In Tranks Filmdebakel jedoch wird uns dieses Ungeheuer als eifersüchtiger Twen verkauft, der die schöne Sue Storm begehrt, die aber ein Auge auf den Physik-Nerd Reed Richards geworfen hat. Im Comic sind Reed und Sue erst Brautleute, dann Mutter und Vater von Marvels »First Family«, treu der Lee-Strategie der Vermenschlichung (und damit bis zu einem gewissen Grad durchaus auch: Verbürgerlichung) des Übermenschlichen. Dr. Doom bedroht dieses Paar bei Lee und Kirby als das antithetisch Unmenschliche schlechthin, was Toby Kebell, eigentlich ein hervorragender Schauspieler, bei Trank aber nicht spielen darf. Der Hassriese wird zum Liebesversager – das Ende des Films, die Konfrontation zwischen der Marvel-Kernfamilie und Dr. Doom, fällt trotz Lärm völlig flach, weil der schönste Weltuntergang nun mal nichts reißt, wo die Figuren, die auf der Welt herumkrabbeln, die da untergeht, in sich nicht stimmig sind.

Immerhin ein Detail des Films spricht, wenn auch auf denkbar läppische Art, den kulturgenetischen Code des Superschurkenkonstrukts direkt an: Michael B. Jordan als Johnny Storm belegt den armen Victor von Doom mit Spitznamen, die ihn als typisch uncoolen Europäer stigmatisieren sollen, darunter »Borat« und »Adolf«. – Adolf? Im Golden Age waren die fürchterlichsten Superschurken tatsächlich nicht Gestalten wie Lex Luthor oder Dr. Hypno, sondern Hitler, der Tenno und Mussolini. Nach ihnen wurden dann bald zeitgenössische wie, noch eine ganze Weile, nachfolgende fiktive Weltverheerer modelliert. Was sie dem Typus »Super Villain« mitgaben, war, dass es ihnen allen dort, wo sie Comic-Figuren wurden, im Grunde nicht um irgendwelche konkreten Ziele ging, bei denen Heldinnen und Helden im Weg standen, sondern um eine negativ universalistische Feindschaft gegen das Menschenge-schlecht als solches – jeder von ihnen, jeder von ihresgleichen war buchstäblich *hostis generis humani*, weil sie sich, wie Han-nah Arendt in *Eichmann in Jerusalem* über den Nationalsozia-listen als moralgeschichtlichen Typus schrieb, anmaßten, dar-über entscheiden zu dürfen, wer überhaupt den Erdball be-wohnen darf und wer nicht.

Was die Superheldin und der Superheld im Übermaß besit-zen, geht der Superschurkin und dem Superschurken völlig ab: Humanitas, Empathie, Gerechtigkeitsempfinden: Sie sind un-rettbar asozial, Verkörperungen der Verneinung, die als solche nicht zu besiegen oder zu töten sind, solange auch das exis-tiert, was sie verneinen; immer auf der Flucht zwar, aber eben auch nie wirklich erwischt und ausgeschal-tet – oder wie Doktor Doom nach seiner ersten Konfrontation mit den Fantastic Four sagt: »As for me, the greatest scientific brain of all time is not without his own emergency es-cape devices ... such as my rocket-powered flying harness!«* – und weg ist er.

*
»Was mich betrifft, das größte Wissen-schaftlergehirn aller Zeiten hat seine eige-nen Fluchtvorrichtun-gen ... zum Beispiel meinen raketenge-triebenen Fluggürtel!«

Wie wird man aber Feindin oder Feind aller Menschen? Auch Superschurkinnen und Superschurken haben Ursprungs-geschichten, bei denen physische und psychische Verletzungen, Zusammenbrüche und schwere Enttäuschungen ihre jeweili-gen Rollen spielen. Mancher, der außerhalb der menschlichen Gesellschaft steht, wurde einfach rausgeworfen. Dr. Horrible zum Beispiel, der Superschurke mit menschlichem Antlitz aus Joss Whedons Internet-Musical *Dr. Horrible's Sing-Along Blog* von 2008, will, weil ihm sonst niemand eine Heimat bietet, wenigstens Mitglied der »Evil League of Evil« sein. Dann aber verliebt er sich, und ein ausnehmend widerlicher Superheld namens Captain Hammer raubt ihm die Herzbestimmte, weshalb Dr. Horrible den Kerl unbedingt besiegen und demütigen muss. Das gelingt auch, jedoch nur um den Preis, dass die geliebte junge Frau dabei stirbt, woraufhin Dr. Horrible ihr eine klirrend kalte kleine Abschiedsode singt:

Here lies everything, the world I wanted,
At my feet! My victory's complete!
So Hail to the King! (Chorus: Everything you ever ...)
Arise and si – ng!

So your world's benign, so you think Justice has a voice,
And we all have a choi – ce,
Well, now your world is mine! (Chorus: Everything
                   you ever ...)
And I am fi – ne!

Now the nightmare's real! Now Dr. Horrible is he – re!
To make you quake with fe – ar,
To make the whole world kneel! (Chorus: Everything
                   you ever ...)
And I won't fe – el
A thing.

Eine tragische Figur also, dieser Schreckensdoktor, dessen Liebeskollaps ein winziges, aber vollständiges Abbild der Weltuntergänge ist, auf die Luthor, Ultron und *tutti quanti* andauernd hinauswollen.

Mindestens ein Superschurke indes, Magneto, hat einen sehr guten Grund dafür, dass er die Welt lieber zugrunde gehen sehen will, als sie so zu lassen, wie sie ist: Erik Arthur (auch: Magnus) Lensherr hat als Kind die Shoah überlebt.

Ich habe diese hochambivalente Re-Humanisierung des Superschurken durch den Autor Christopher S. Claremont auf Seite 6 schon vorgestellt und wende mich zum Abschluss des kurzen Rundgangs durch einige Hauptmetaphern des Genres einer anderen, nicht minder widersprüchlichen Claremont-Idee zu, dem Superheldenteam als Gemeinschaft von Leuten, die zu keiner anderen Gemeinschaft Zugang haben, aber trotzdem nicht zu Feindinnen und Feinden der Menschengattung werden wollen.

Ein Team für (und gegen) alle: Die X-Men

Man hat Chris Claremont häufig vorgeworfen, er produziere zu viel Text. Sprechblasen, die so prall gefüllt waren, dass sie manche Motive auf den dazugehörigen Bildern zu erdrücken drohten, waren während seiner federführenden Zeit bei einem der Flaggschifftitel von Marvel, der Serie *Uncanny X-Men*, zwar nicht die Regel, aber auch nicht so selten, wie sie da sein sollten, wo man bei der Comic-Herstellung der Hausmethode des »Marvel Bullpen« folgte.

Diese in der Comic-Welt sehr berühmte »Marvel Method« war in den Sechzigern, also zwanzig bis dreißig Jahre vor Claremonts besten und ruhmreichsten Zeiten, von Stan Lee und seinen Chefzeichnern Jack Kirby, Steve Ditko, später John Romita, den Brüdern Buscema und anderen entwickelt worden. Sie sollte vor allem dafür sorgen, dass der kulinarische

Hauptreiz der Superhelden-Comics, ihre eindrucksvollen Bilder, so imposant wie möglich zur Geltung kam.

Die Marvelmethode setzt dabei auf eine besondere Variante der Arbeitsteilung. Zuerst darf ein Autorenhirn wild ins Blaue spekulieren, nämlich einen Plot erfinden, in dem die irrsten Wendungen, imposantesten Kulissen und gewagtesten Actionszenen vorkommen. Der wird dann schriftlich fixiert, oft nicht detaillierter als bei einer mündlichen Nacherzählung, ohne dass auch nur ein einziger Dialogsatz feststünde. Dann machen sich die Kunstschaffenden an die Arbeit. Bei ihnen gibt es eine weitere Arbeitsteilung zwischen Bleistiftleuten, Tintenvollendern und Koloristen. Erst zum Schluss werden dann, vorbestimmt von dem, was die entsprechenden Bilder (»Panels«) zeigen, die Sprechblasen hinzugefügt und mit Dialogen gefüllt, die sich dann ohne Mühen an der jeweils dargebotenen Mimik oder Gestik orientieren können.

Chris Claremont hat dieses Verfahren in seinen X-Men-Comics ziemlich strapaziert, wenn nicht über den Haufen geworfen. »X-Men-Comics« meint hier nicht nur die Mutterserie, sondern auch eine ganze Reihe von Ablegern zwischen *New Mutants*, *X-Force* und der Soloserie *Wolverine*, wo Claremont seinerzeit, wenn nicht als Verfasser, so doch als Ideenlieferant und Hintergrundregisseur wirkte. Sie alle gehörten zeitweise (und gehören noch heute) zum Dialoglastigsten, was im Genre je vorgekommen war und ist. Das lag daran, dass Claremont das Teamgeschichten-Format, das sich von Marvels *Fantastic Four* und *Avengers* sowie von DCs *Justice League* herschrieb, ernster nahm als alle Kreativen vor ihm: Mehr Figuren, mehr Text.

Die Ensemble-Shows, die es schon vorher gegeben hatte, inspirierten ihn, einen ungeheuren weitläufigen Quasifami-

Die Ur-Zusammensetzungen der wichtigsten Teams

FANTASTIC FOUR:
The Thing, Mr. Fantastic, Human Torch, Invisible Woman

JUSTICE LEAGUE:
Aquaman, Batman, Flash, Green Lantern, Martian Manhunter, Superman, Wonder Woman

X-MEN:
Cyclops, Marvel Girl, Angel, Beast, Iceman

AVENGERS:
Iron Man, Hulk, Ant-Man, Wasp, Thor

lienroman zu produzieren, dessen Gesamtanlage alles, was
Claremont und seine Mitkreativen zu bieten hatten, in Liebes-
geschichten, Freundschaftsbiographien und ähnliche Soap-
Opera-Konstellationen investierte.

Ein Gespräch zwischen einander vertrauten Frauen im Win-
tergarten, ein Volleyballspiel der Teammitglieder, eine Hochzeit, eine Trennung waren Claremont so wichtig wie die (von
ihm darüber keineswegs vernachlässigten) genretypischen Ge-
fangennahmen durch Feinde, schrecklichen Virusepidemien
oder neuen Gesetze, durch die Heldinnen und Helden diskri-
miniert werden, deren übermenschliche Begabungen genetisch
verursacht sind.

Da das ganze Superheldengenre vor allem ein mythopoeti-
sches Vergrößerungsglas des Individualismus ist, vergleichbar
etwa dem Popstarwesen (der moderne Popstar hat mit dem

klassischen Musiker oder Schauspieler so viel gemeinsam wie Superman mit Siegfried, bietet aber vor allem »mehr davon«, ein quantitativer Unterschied, der dann eine ganze Menge qualitativer Differenzen nach sich zieht), finden sich auch die in kleinen Gemeinschaften wie Familie oder Clique besonders schicksalhaften Schwächen der Einzelnen in diesem Genre vergrößert, verschärft, verschlimmert wieder.

Wie John Lennon und andere große Popstimmen von Bob Dylan über Neil Young bis Björk im strengen Sinne des Musik-Konservatoriums eigentlich »nicht singen können«, was etwa den Stimmumfang oder die akademisch korrekte Phrasierung betrifft, wie sie aber andererseits gerade dadurch, wie der Popmusik-Analytiker Diedrich Diederichsen gern betont, als Identifikationsangebote und überdimensionale Gefäße der Individualitätssehnsüchte ihrer Fans geeignet sind, bei denen es auf Einzigartigkeit stärker ankommt als auf Erfüllung normativer ästhetisch-technischer Standards, so können Superheldinnen und Superhelden Mauerblümchen (der frühe Peter Parker alias Spider-Man), arrogante Säufer (Tony Stark), Schizophrene (Crazy Jane), Klaustrophobikerinnen (Storm) oder Tobsüchtige (der Hulk) sein, und eben deshalb auch querschnittsgelähmt wie Professor X, der Mentor und emanzipatorische Chefdenker der Mutanten im Marvel Universe, eine Art Martin Luther King im Rollstuhl (dessen militantes Malcolm-X-Pendant dann Magneto ist): Seine körperliche Behinderung unterschied diesen Mann schon in der ersten X-Men-Version, geschaffen von Lee und Kirby, vom Rest der Teamchefs im Comic. Die Behinderung wird von Anfang an als Kontrastfolie zu einer ungeheuren geistigen Überlegenheit verwendet, mit der dieser Telepath, Telekinet und große Gelehrte seine kleine Schar Hochbegabter zusammenhält.

Claremont übernahm die Regie nach der ersten Ausgabe von *Giant-Size X-Men* 1975. Vom August jenes Jahres an gestaltete er dann zuerst mit dem Zeichner Dave Cockrum, später mit dessen Kollegen John Byrne eine der stilprägenden Team-Serien des Genres, in der die Eigenheiten der Figuren in zuvor nirgends erreichtem Ausmaß jeweils einander bedingende Paarungen von Stärken und Schwächen sind. Am wirkungsvollsten gelang ihm das bei Wolverine, zuvor eine nahezu charakterfreie Kampfmaschine, die Dank Claremont zu einer der beliebtesten Marvelgestalten der 1980er und 90er Jahre wurde.

Dieser Mann, der sich lange Zeit nur »Logan« nannte (später kommen noch andere Namen hinzu, auch in Rückblenden, von »Weapon X« bis »Patch«), ist mit einer Mutation auf die Welt gekommen, die sich als segensreicher »Healing Factor« auf seine Physis auswirkt: Verletzungen steckt er aufgrund beschleunigter Regeneration seines Gewebes weg, man kann ihn weder wirksam verstümmeln noch verbrennen (nur ertrinken könnte er theoretisch), auch altert er langsamer als komplexe Organismen sonst.

An dieser Grundstärke setzt nun eine aggressive Militärforschung an, die ihre Menschenverbesserungs- und Soldatenzüchtungsprogramme an ihm ausprobiert, seine Knochen, zu denen auch aus Knöcheln verlängerbare Krallen gehören, mit dem unzerstörbaren Metall Adamantium legiert und ihn einer Gehirnwäsche unterzieht, die ihn noch gefährlicher machen soll, als er ohnehin schon ist.

Dabei zerstört man jedoch seine Erinnerung an das lange und unruhige Leben, das er zuvor schon geführt hat. So ist der Unverwundbare tief verletzt, verstört, misstrauisch und misanthropisch, als Professor Charles Xavier ihn gleichsam auf der Straße findet und in sein Team aufnimmt, das, getarnt als

Schule für Hochbegabte, zum Sammelbecken für einerseits gesegnete, andererseits beschädigte Persönlichkeiten wird, die Claremont teils im schon existierenden Marvel-Universe aufliest, teils selbst erfindet.

Dabei beweist Claremont jahrelang eine glückliche Hand für das, was man im Zuge der zur fraglichen Zeit in linken amerikanischen Universitätskreisen aufgekommenen, aus älterer Minderheitenpolitik weiterentwickelten »identity politics« mit dem Wort »diversity« bezeichnet, also eine Sorte Vielfalt, in der nicht nur auf Ausgrenzung, Einschließung, Unterdrückung und Ausbeutung von Gruppen durch andere Gruppen geachtet wird, sondern auch auf deren wechselseitige Bedingtheit (»intersectionality«). Denn jeweils verschiedene Sorten der Benachteiligung werden selbst in den reichsten je auf der Welt erlebten Gesellschaften von geschlechtlichen, ethnischen, religiösen und sonstigen Kategorien befestigt, ermöglicht, manchmal auch durchkreuzt.

Bei Claremonts X-Men nun kann man die meisten dieser Muster finden: Es gibt einen Deutschen (Kurt Wagner, Nightcrawler), der wie ein Teufel aussieht und als Waisenkind sowie heimatloser Zirkus-Artist »aus dem fahrenden Volk« in seiner Heimat Verfolgung erlitten hat; es gibt einen Russen und im Geist des sozialistischen Kollektivismus erzogenen Bauernsohn (Piotr Rasputin, Colossus), eine Frau aus Schwarzafrika (Ororo Munroe, Storm), einen »Native American« (Forge), eine junge Jüdin (Kitty Pryde, Sprite, auch: Ariel, später: Shadowcat) und zahlreiche weitere »misfits and outsiders« im amerikanischen Gemeinwesen.

Wie Claremont 1975 anfing, haben später andere weitergearbeitet, mit anderen Formen der bedrohten, marginalisierten, problematischen Identität und Individualität. So erlebte auch der erste offen homosexuelle Superheld bei Marvel, der Frankokanadier Jean-Paul Beaubier (Northstar) aus dem X-Men-Ableger-Team Alpha Flight, das Claremonts langjähriger Stammzeichner John Byrne erfunden hat, seinen ersten Auftritt bei den X-Men, nämlich in der Ausgabe 120 des Stammtitels vom Februar 1979.

Durch alle schmerzlichen Erfahrungen, die das von Claremont zusammengebrachte fiktive Personal gemeinsam machen muss, entlang einer Entwicklungsachse der immer familien- und stammesähnlicher organisierten gegenseitigen Solidarität, bleibt dieser Autor dem Ariadnefaden eines Arguments treu, das die politische Linke der Rechten in Amerika seit den Tagen Thomas Jeffersons erfolglos zu erklären versucht: Der antagonistische Gegensatz zwischen dem Individuum und der Gemeinschaft, der dem romantischen amerikanischen Individualanarchismus zugrunde liegt, wie er vor allem in der dortigen Massenunterhaltung vom Western bis zum Noir-Krimi entwickelt wurde, ist eine optische Täuschung. Der Einzelmensch und die hochvergesellschaftete Welt stehen einander nämlich gar nicht grundsätzlich, aus innerem Grund im Weg oder auf den Füßen, sondern sind einander viel eher komplementär. Denn im bei Rechten als Argumentationsschablone so beliebten Naturzustand kommt ein »Individuum« in dem Sinn, den das Wort heute hat, nur zufallsweise vor, es wird von Naturbedingungen viel eher zunichte gemacht als von sozialem Konformitätsdruck. Setzt man zehn Robinsons auf zehn getrennte einsame Inseln, wird sich ihr Tagesablauf nicht sonderlich voneinander unterscheiden, die Natur wirkt als fürchterliche Gleichmacherin: Jagen, Fischen, Unterkunft, Flucht vor Raubtieren und allerlei sonstige Not bestimmen das Leben. Bringt man die Zehn aber an einem Ort zusammen, wo genügend Ressourcen für Konkurrenz wie Kooperation vorgefunden werden können, werden sie füreinander zu Individuen: Die eine jagt besser, der andere baut Häuser, eine Dritte heilt Verletzungen oder Krankheiten, wieder ein anderer erforscht das Wetter oder organisiert den Ackerbau.

Teamwork kann Individualität hervorbringen, wenn es entsprechend organisiert ist – in den Vereinigten Staaten hat diese schlichte Wahrheit zuletzt Hillary Clinton zu popularisieren versucht, indem sie ein afrikanisches Zitat verbreitete, entsprechend dem man, um ein Kind zu erziehen, ein ganzes Dorf braucht. Das Superheldenteam ist für diesen Gedanken ein ideales Transportmittel. Inzwischen weiß man das auch außerhalb der Comicindustrie: Auf dem Cover der naturwissenschaftlichen Zeitschrift *Nature* vom 17. September 2015 wird das Zusammenspiel verschiedener Forschungszweige, die immer wichtigere Interdisziplinarität, mit einem Rudel Superhelden illustriert, neben denen kleine Labels mit sprechenden Namen stehen: »Captain Medica«, »Doc Quantum«, und, besonders hübsch, als Verkörperung des drittmittelspendablen Venture-Kapitals: »Invisible Hand«.

Claremonts ästhetisch-politisches Erbe bleibt bis heute präsent: Joss Whedon zum Beispiel, der Film- und Fernsehschöpfer hinter Serien wie *Buffy, the Vampire Slayer* (*Buffy – Im Bann der Dämonen*) oder *Firefly* und zweier Multimillionen-Dollar-*Avengers*-Spielfilmproduktionen, verdankt ihm unzählige kleine Handgriffe und Tricks, die einem Drehbuchautor oder Regisseur dabei helfen, ein großes, dynamisches Figurenensemble nicht als Gewirr von Solonummern, sondern als harmonisches Orchester zu steuern (sogar die Claremontsche Ballspiel-Teamentspannungs-Idee hat er für *Firefly* übernommen).

Der Jüngere verheimlicht den Einfluss des Älteren dabei nicht: Als Whedon von Marvel eingeladen wurde, die ersten Hefte der neuen Serie *Astonishing X-Men* zu schreiben, geriet das Ergebnis zum Fest für Claremont-Fans, sei es als direktes Zitat (die alte Zeichnung wird schemenhaft über eine neue gelegt; das hat Whedon natürlich beim Film gelernt), sei es als Neudeutung: Eines der berühmtesten Bilder aus Claremonts und Byrnes *Dark Phoenix Saga* zeigt Wolverine, der sich nach Ausschaltung aller anderen X-Men in einer Kanalisation aus dem Schmutz erhebt und allein den Kampf aufnimmt. Whedon lässt seinen Zeichner John Cassaday dieses ikonische Bildmotiv direkt wiederholen, aber mit feministischer Pointe: Die Rolle und Pose, die seinerzeit der Ultra-Macho Logan einnahm, füllt hier Kitty Pryde aus. Kurz: Bewahrung und Belebung des Alten im selben Atemzug. Nur ein vitales Genre bringt solche Höhepunkte hervor.

Zum Abschluss: Was sie bedeuten und wohin sie streben

Film, Buch, Museum: Eine erfolgreiche Invasion

Sie haben gesiegt. Superheldinnen und Superhelden sind ihrer Comic-Heimat weder entkommen noch entfremdet, aber ihre Ausflüge in andere Kulturgebiete werden immer häufiger und gleichen mehr und mehr Triumphzügen:

Seriöse Filmschaffende wie Christopher Nolan und Joss Whedon drehen Superhelden-Filme und Superhelden-Fernsehserien, ernstzunehmende Schauspielerinnen und Schauspieler treten in den Comicrollen auf, und selbst im Kunstkino wird das Genre Gegenstand von Kritik, Analyse, Spiegelung oder Unterwanderung, von Iñárritus schon erwähntem *Birdman* bis zu den *Clouds of Sils Maria* (*Die Wolken von Sils Maria*, 2014) von Olivier Assayas, einem Film, in dem Kirsten Stewart als Schauspielassistentin über das Superhelden-Genre sagt: »It's theatre, it's an interpretation of life, it can be truer than life itself.«*

*
»Es ist theatralisch, eine Auslegung des Lebens, es kann wahrer sein als das Leben selbst.«

Andreas Platthaus hat in einer

Der Vater von *Hulk*, *Iron Man*, *Thor*, *Dr. Strange* und *Spiderman*,
Stan Lee (* 1922), hier mit *Ant-Man*-Darsteller Paul Rudd (* 1969)
bei der Premiere des Films im Juni 2015.

Kritik der Marvel-Kinoproduktion *Ant-Man* (2015) darauf hingewiesen, dass die Etablierung des MCU zehn Jahre nach den
ersten derartigen Filmen inzwischen zur Ausdifferenzierung
regelrechter Untergattungen geführt hat: Es gibt jetzt Super-
helden-Komödien (neben *Ant-Man* etwa *Guardians of the
Galaxy* von 2004), Superhelden-Farcen (der sehr zu Unrecht
kaum bekannte, irritierend amoralische Independent-Film
Super des *Guardians*-Regisseurs James Gunn aus dem Jahr
2010), Superhelden-Midlife-Crisis-Dramen (*Paper Man* von
Kieran und Michele Mulroney, mit Jeff Daniels und Emma

Stone, erschienen 2009) und Superhelden-Noir (Frank Millers *The Spirit* von 2008 nach einer Vorlage von Will Eisner).

Auch in der Literatur (falls man darunter etwas versteht, zu dem Comics nicht ohnehin gehören) ist der Stoff längst angekommen, allerspätestens mit Michael Bishops *Count Geiger's Blues* (1992), einem satirisch-melancholischen Roman, in dem ausgerechnet ein snobistischer Feuilletonist und Kulturkritiker mit Übermenschenfähigkeiten gestraft wird und sich von da an mit der dornigen Dialektik von Anspruch und Wirklichkeit auseinandersetzen muss. Bishops kaum bekannter Vorgänger Robert Mayer hat dieselbe Problematik schon 1977 in *Superfolks* untersucht, und für das frühe 21. Jahrhundert mag die Nennung von Michael Chabons *The Amazing Adventures of Kavalier & Clay* (*Die unglaublichen Abenteuer von Kavalier und Clay*, 2000) und Jonathan Lethems *The Fortress of Solitude* (*Festung der Einsamkeit*, 2003) genügen.

Die Popmusik hat sich ebenfalls auf die Sache eingelassen; meine persönlichen jüngeren Favoriten sind die *Batman*-Ode von Voivod (1988), die *Spider-Man*-Cartoon-Titelsong-Version der Ramones (1995) und Danger Dooms *The Mask* mit Ghostface Killah vom Wu-Tang Clan von 2015; man findet im Internet aber mehr als genügend ausführliche Auflistungen vergleichbaren Materials.

Im Bereich der Bildenden Kunst ist der Damm während der 1960er Jahre im Zuge der Pop Art gebrochen. Eine Großveranstaltung wie die Ausstellung »Superheroes: Fashion and Fantasy«, die von Mai bis September 2008, gefördert unter anderem von Giorgio Armani, im Metropolitan Museum of Art in New York stattfand, leistet heute einfach, was bildende Kunst seit der Renaissance im Abendland immer mitleisten musste: die Reflexion von Körperbildern im Widerspiel mit anderen Mo-

Die kommerziell erfolgreichsten Superheldenfilme

Platz 1:
  Marvel's The Avengers (2012)

Platz 2:
  The Dark Knight (2008)

Platz 3:
  Avengers: Age of Ultron (2015)

Platz 4:
  The Dark Knight Rises (2013)

Platz 5:
  Iron Man 3 (2013)

Platz 6:
  Spider-Man (2002)

Platz 7:
  Spider-Man 2 (2004)

Platz 8:
  Spider-Man 3 (2007)

Platz 9:
  Guardians of the Galaxy (2014)

Platz 10:
  Iron Man (2008)

menten des Selbstverständnisses des Gemeinwesens, in dem sie vorkommen.

Ein wesentlicher Anstoß für die jüngste Superhelden-Hausse war wohl das CGI (Computer Generated Imaging) und die neue Generation von Spezialeffektkino, die es ermöglicht hat; endlich konnte das Kino zu den bildnerischen Möglichkeiten bedruckten Papiers aufschließen. Wer allerdings behaupten wollte, die neue Breitenwirkung des Genres erkläre sich restlos aus dieser technischen Voraussetzung, müsste eine ganze Reihe anderer Faktoren mutwillig ausblenden, von der politisch-kulturellen Formel »Die Superhelden als Unterhaltungsplatzhalter der Supermacht USA« bis zur Hyperindividualisierung des sozialen Selbstbilds in der Selfie- und Facebook-Ära.

Ein weiterer, für die aktuelle Virulenz des Superheldenwesens im erweiterten Bilderkosmos der zehntausend Plattformen nicht eben irrelevanter Umstand betrifft die Entwicklung und Wirkung des Genres selbst: Die Menschen, die wie Whedon, Nolan, die viel zu wenig bekannte Lexi Alexander oder die sehr bekannten Wachowski-Geschwister die besten Superhelden-Filme der letzten Jahrzehnte geschaffen haben, waren in ihrer Jugend Leserinnen und Leser der widersprüchlichsten und interessantesten Superhelden-Comic-Epoche in der Geschichte der Gattung, nämlich der bewegten Zeit, die aufs Silver Age folgte. Sie möchte ich abschließend vorstellen.

Das Quecksilberzeitalter

Zwei Namen sagen allen, die das Genre lieben, schon alles, was ich noch zu sagen habe: Frank Miller und Alan Moore.

Intellektuell und ästhetisch liegen zwischen diesen beiden ganze Welten. Miller ist ein kompetenter Graphiker mit Flair für schwarzweiße Härten und viszerale Kontraste; Moore dagegen ein atemberaubend vielseitiger Erzähler, der besser als die meisten, die vor ihm kamen, wusste und weiß, was das

Medium Comic kann (und worin es sich zum Beispiel vom Film unterscheidet).

Beider anhaltender Ruhm stammt aus den 1980er Jahren. Damals war innerhalb der Genre-Entwicklung als Folge der Belastungsproben des Silver Age der Punkt erreicht, an dem zweierlei geschehen konnte: 1. die bewusste Infragestellung der wenigen vom Silver Age noch verschonten Genrevoraussetzungen im Genre, also etwa die Frage, ob Helden, die über dem Gesetz und außerhalb des Menschlichen stehen, überhaupt Helden sein können, und 2. die formale Synthese der experimentellen ästhetischen Methoden des Silver Age zu einer neuen Klassik samt dafür erforderlicher Strenge und Universalität.

Das im ersten Punkt Angesprochene hat Miller von Februar bis Juni 1986 Batman in *The Dark Knight Returns* (*Die Rückkehr des Dunklen Ritters*) aufgebürdet. Dasselbe, aber mehr noch, nämlich auch die Erschaffung des richtigen Werkzeugs für die Aufgaben, von denen der zweite Punkt handelt, haben Alan Moore und Dave Gibbons zwischen September 1986 bis Oktober 1987 mit *Watchmen* erreicht.

Millers *Dark Knight* wirkte unmittelbar stärker ins Genre hinein; es gab in den Neunzigern kaum eine Heftchenserie, die dem neuen Gebot, gefälligst »realistischer« zu erzählen, das heißt: »grim and gritty«, finsterer und anstößiger, nicht zu gehorchen suchte. *Watchmen* wiederum vervielfachte mit einem Schlag die Anzahl der Stoffe, Themen und Idiome, zu denen Superheldinnen und Superhelden sich verhalten konnten und können.

Millers Miniserie handelt vom Altern der Prämissen des Golden Age: Sein Batman ist ein Rentner, zunächst verbittert und weltverloren, dann von einem Zustand des Gemeinwesens zurück in den Kampf gezogen, der anders als mit Superheldenmitteln nicht mehr geradezurücken wäre. Zu einer Zeit, da die Ideen des Golden Age tatsächlich veraltet, ermüdet und bis zur Lächerlichkeit unzeitgemäß waren, teilte Miller dem Publikum diese Krisis sogar im Zeichenstil mit: Trotzige, aber brüchige Krakel beherrschen die Optik. Wenn man das Superheldenwesen retten will, scheint dies zu sagen, dann muss man die Oberflächen des Genres aufbrechen, Brüche ausstellen und feiern, statt sie zu verschweigen.

Die Operation gelingt Miller vor allem deshalb, weil er auch die menschlichen, politischen und ethischen Kosten nicht verschweigt, die ein Superheld für seine übersteigerte Individualität, für sein Surplus an Schicksal bezahlen muss. Mehr: Er verschweigt sie nicht nur nicht, er wälzt sich geradezu darin, und später hat er überdies gelernt, sich darin wie eine Wildsau zu suhlen, was sein aus Gründen des Schutzes der populären Marke nicht mehr als Batman-Comic aufgemachter, aber erkennbar um eine bis in die Details Batman-analoge Figur arrangierter anti-islamischer Wahnsinns-Comic *Holy Terror* aus dem Jahr 2011 demonstriert, in dem »The Fixer« namenlose Horden muslimischer Terror-Homunkuli zu Brei schlägt: Als Meinungsäußerung zum »War on Terror« ist das absolut indiskutabel, als manische Kunst aber eine Errungenschaft, die sich Impulse aneignet, die im Genre stets präsent waren, es aber auch immer von innen zu zerreißen drohten.

Alan Moore und Dave Gibbons ging es bei *Watchmen* wohl weder um die Rettung noch um die Neuerfindung des Genres:

Der komplexe Text und die unterkühlt-klaren, bis auf wenige hyperdramatische Ausbrecher in festen Bildergittern angeordneten Zeichnungen, die von Millers genialischer Hysterie nicht weiter entfernt sein können, weisen Moores und Gibbons' Opus als ein Gedankenexperiment aus, das seine eigenen Entstehungsbedingungen versteht und erklären kann, statt sie, wie Miller das genauso legitimerweise tut, berauscht abzufeiern. Miller sagt: Der Superheld ist alt geworden, aber weil er auch böse geworden ist, passt er in unsere bösen Zeiten. Moore und Gibbons fragen: Wie wurde er so alt, und warum ist er unterwegs nicht, wie so viele andere nischen- wie massenkulturelle Novelty-Effektmaschinen des 20. Jahrhunderts, irgendwann einfach verlorengegangen und vergessen worden?

Watchmen erzählt von einem unter politischem Druck vor Jahren zerfallenen Superheldenteam, dessen Scherbenmuster sich in den markanten Individuen wiederholen, aus denen die Gruppe bestand. Kaputte Leute in einer kaputten Konstellation in einem kaputten Land in einer kaputten Welt: Moore deckt das ganze Spektrum vom gehetzten Selbstermächtigungsmodell Batman (Rorschach) bis zum gottgleichen, aber an seiner ethischen Vollmacht zweifelnden Superman (Doctor Manhattan) ab, und studiert dabei die Gruppendynamik als unfreies Spiel der Kräfte.

Die immense Wirkung, die *Watchmen* bis heute hat, und die weit übers Superhelden-, ja Comic-Publikum hinausreicht (es gibt eine Menge Privatbibliotheken, in denen neben diesem kein anderer Comic steht), rührt nicht zuletzt daher, dass die »Graphic Novel« (das Wort ist eine Erfindung des *Spirit*-Schöpfers Will Eisner) hier scheinbar anstrengungslos der Grundanforderung der neuzeitlichen großen Form, etwa des bürgerlichen Romans oder Dramas aus dem 19. Jahrhundert, gerecht wird: Man erlebt eine gesellschaftliche, psychologische, historische und ästhetische Totalität, ein wirkliches Weltbild – und um das zu vollbringen, mussten die Autoren noch nicht einmal vom comicaffinen Superheldenstoff zu einem vermeintlich »erwachseneren Thema« wechseln, wie das so viele andere Comic-Schaffende versucht und erreicht haben, die ihr Medium von der Enge der amerikanischen Heftchenstandards befreien wollten und wollen.

Die Watchmen und ihre Vorgänger, die Minutemen, sind kulturanatomisch korrekte Schemabilder der Leitformen des Golden und des Silver Age. Da man ein ästhetisches Zeitalter, wie kurz es auch immer währen mag, stets nur von einem späteren aus vollständig in den Blick bekommen kann, sagt *Watchmen* auch, dass die beiden Vorgängerzeitalter tatsächlich und unwiederbringlich vorbei sind.

Was kam, was kommt danach?

Der Comic-Autor Grant Morrison redet in seinem Essay *Supergods* (2011) davon, aufs Silver Age sei mit Miller zunächst ein »Dark Age«, ein dunkles Zeitalter gefolgt und danach etwas, das er »Renaissance« nennt. Morrisons Versuch, dem Ablauf damit etwas wie eine Dramaturgie zu verpassen, wie sie in den Superhelden-Comics selbst nicht fehl am Platz wäre, blamiert sich indes damit, dass seit *Watchmen* keine klaren Grenzen zwischen Weitermachen, Umbauen und Abschaffen mehr vorliegen. Man kann heute Comics finden, die sich nach den pathetischsten und schönsten Momenten des »Dark Age« strecken und neben denen Millers *Dark Knight* wie aus Zuckerwatte gewoben aussieht, aber sie koexistieren in denselben Neuerscheinungsschaufenstern mit neo-naiven Wiederbelebungen des Golden Age, ironischen oder buchstäblichen Retrohuldigungen ans Silver Age und (vorläufig) gänzlich undefinierbaren Hybriden.

Wenn die Kreativen, die für dieses Schillern, dieses Quecksilberzeitalter verantwortlich sind, in ein paar Jahren selbst durch jüngere Leute abgelöst worden sein werden, die sich wieder für ganz andere Aspekte der alten Geschichten interessieren und eben damit zu neuen Geschichten aufbrechen müssen, werden die Superheldinnen und Superhelden zeigen, ob sie auch das aushalten, abermals zugleich bei sich bleiben wie über sich hinauswachsen können.

Große Sorgen, glaube ich, muss man sich da um sie nicht machen.

Superhelden-Nachwuchs in einem Stuttgarter Kindergarten 2016.

Lektüretipps

Bishop, Michael: Graph Geigers Blues. Roman. München 1999.

Kakalios, James: Physik der Superhelden. Hamburg 2008.

Lacombe, Benjamin / Perez, Sébastien: Superhelden. Das Handbuch. Berlin 2015.

Lee, Stan: So zeichnet man Superhelden. Stuttgart 2015.

Lethem, Jonathan: Menschen und Superhelden. Erzählungen. Stuttgart 2005.

Levitz, Paul: 75 Years of DC Comics. Köln 2010.

McCloud, Scott: Comics richtig lesen. Hamburg 2001.

McCloud: Comics machen. Hamburg 2007.

Platthaus, Andreas: Im Comic vereint. Eine Geschichte der Bildgeschichte. Frankfurt 2000.

Schreurs, Ronja: Heroines. Die Superheld*innen haben genug und schlagen zurück! Münster 2015.

Thomas, Roy: 75 Years of Marvel Comics. Köln 2014.

mafia

karl marx

loriot

star wars

asterix

gehirn

Die drei ???®

reclam.
100 seiten

stephen king

resilienz

antike

reinhard mey

susan sontag

feminismus

depression

biodiversität